두번째 스물이
첫번째 스물에게

조기준
산문집

두번째 스물이
첫번째 스물에게

엉망진창 어제, 그럴싸한 오늘, 가치있는 내일의 하모니

책엔

가을 하늘은 유독 새파랗다. 너무 깊고 싱그럽다. 그래서 넋을 놓고 계속 바라보게 된다. 프롤로그를 쓰려고 노트북을 열었는데 하늘을 떼어다가 화면에 담고 싶어졌다. 할 수만 있다면 타이핑 말고 손 글씨로 저 하늘에 글을 써내려가고 싶을 정도이다. 이처럼 한바탕 꿈을 꾸다 보니 10년 같은 10분이 지났다.

그렇다. 나는 이런 사람이다. 지극히 감성적이고 즉흥적인 사람이다. 이런 내가 첫 번째 스물들에게 무슨 이야기를 해줄 수 있을지 고민이 컸다. 진도가 나가지 않아 심히 괴롭고 고통스러웠다. 요즘처럼 '부자 되기' 열풍으로 나라가 떠들썩한 상황에서 '마음 부자 되기'라는 말을 꺼냈다가는 욕한 바가지 제대로 먹을 것만 같았다. 나는 10억 만들기 프로젝트의 리더가 될 수도 없고 되고 싶지도 않은데, 요즘 스물들은 이런 이야기에만 관심이 있지 않을까 싶어 주눅이 들었다. 고민 끝에 글의 방향을 바꿨다. 두 번째 스물인 지금의 나를 있게 한 나의 첫 번째 스물을 소환한 것이다. 마치 TV 프로 〈슈가맨〉에서 그때 그 시절 인기 가수를 소환하듯이.

나의 첫 번째 스물은 찬란하고 푸르렀으며 동시에 엉망진창이자 뒤죽박죽이었다. 하지만 스물의 시간들이 켜켜이 쌓여 지금의 나를 만들었기에 감사하고 또 감사하다. 여전히 마흔이라는 숫자가 쑥스러운데 '이 노무' 피터팬 콤플렉스 때문에 그런 듯하다. 그러니 자꾸 두 번째 스물이라고 우길 수밖에 없다.

첫 번째 스물들에게 교훈이나 가르침을 주입하기보다는 나의 첫 번째 스물 이야기를 들려주며 같이 가을 하늘을 바라보자고 말을 걸고 싶었다. 배울 것이 있으면 적당히 따라서 해보고 별로다 싶으면 그러지 않아도 상관없다. 나와 너의 첫 번째 스물이 지금 이 순간 동행하고 있다는 상상만으로도 행복하다. 첫 번째 스물도 두 번째 스물에게 해주고 싶은 말이 참 많을 것이다. 그래, 우리 함께 이야기 나누자. 그것이야말로 서로를 위한 다정한 위로이자 토닥임이 아닐까.

더없이 새파란 어느 가을 아침에

차례

Chapter 2

낯선 나를 만나도 반갑게 눈 맞춤

Chapter 3

되고 싶은 나, 나는 나의 운명

 Chapter 4

거침없이 나답게 바깥세상 살아가기

Chapter 5

가슴속 영원히 푸른 봄을 간직하려면

Chapter 1

첫 번째 스물,
날 어디로 데려갈지 몰라

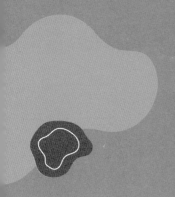

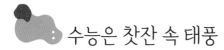# 수능은 찻잔 속 태풍

"너 수능 몇 점 맞았어?"
"공부 좀 했다. 169점 나왔다."

이런 대화가 오가는 TV 예능 프로를 보았다. 수능 200점 만점 시절이 있었다니, 요즘 아이들은 기가 차겠지. 문득 수능을 본 지 얼마나 됐나 까마득한 느낌이 들었다. 다행인지 불행인지 손 뻗으면 닿을 거리에 스마트폰이 놓여 있다. 일 때문에, 시간 때우려고, 친구 기다리느라 하염없이 들여다보는 스마트폰.

웬만하면 주말에는 방구석 어딘가에 내팽개치곤 한다. 나름 디지털 디톡스를 실천해 내 의지대로 두뇌를 써보고 싶은 믿음과 소망, 사랑이 있기 때문이다. 손안에 스마트폰이 없으면 불안하고 초조해져 당 떨어진 사람마냥 후덜덜하는 내 자신이 너무 싫다. 책 좀 읽어야 하는데 스마트폰만 들여다보다가 후회한 적이 한두 번이 아니다. 글 좀 써야 하는데 스마트폰만 들여다보다가 하루를 몽땅 보낸 적 또한 한두 번이 아니다.

스마트폰에 발이라도 달린 것일까. 반려동물처럼 한순간도 사랑 받지 못하면 분리불안을 느끼도록 프로그래밍되어 있는 것일까. 아니면 우리 집 여섯 고양이 중 하나가 예쁘게 입으로 물어다가 내 옆에 가져다 놓은 것일까.

여하튼 스마트폰으로 '수능'을 검색하자 1995년 겨울, 당시 수능의 현장감이 물씬 풍기며 옛 추억이 떠올랐다. 지금도 그렇지만 수능 당일은 무조건 춥다고 했다. 반드시 그렇다는 불문율이 있다고 했다. 선생님, 뉴스 앵커, 친구들 할 것 없이 다들 그랬다. 모든 수험생이 엄숙한 의식이라도 치르듯 아침 칼바람을 맞으며 시험장 정문으로 들어섰다. 그래, 바로 그 드라마 〈응답하라〉 시리즈 같은 느낌의 오래된 풍경.

수능의 추억에 잠겼던 것도 잠시, 엉뚱하게도 뉴스 사이트를 돌아다녔고, 온라인 서점 베스트셀러 순위를 들여다봤고, 내 책 순위까지 점검하며 인터넷 바다에서 긴 시간 허우적대고 말았다.

수능은 초등학교, 중학교, 고등학교 12년 공부의 정점이지만 더불어 어른의 길로 들어서는 첫 번째 관문이다. 사실 청춘은 수능으로 '끝'이 아니라 '시작'이다. 시험을 잘 보든 말든 수능이 끝나면 누구에게나 공평하게 전에 없던 자유가 주어진다.

학교, 학원, 심지어 집에서도 오로지 수능 점수를 위해, 대학 입학을 위해 살면서 제대로 숨도 쉴 수 없었다. 뭔가 마음껏 해보고 싶어도 대학 가서 하라는 타박을 받기 일쑤였는데 무려 자유라니. 놀기도 놀아본 사람이 잘 노는 법. 갑자기 자유인이 되다 보니 수능이 끝난 당일 저녁부터 자유와 방종을 구분하지 못하는 학생들의 일탈이 뉴스 전파를 타기 바쁘다.

지금 나는 보헤미안 못지않은 자유로운 영혼으로 나름 책임 있는 삶을 살아가고 있다. 하지만 나 역시 수능이 끝나고 뭘 해야 할지 도무지 알 수 없었다. 자유를 누려본 적이 없으니 자유를 즐길 줄 몰랐던 것이다. 수능이 끝나고 일탈을 꿈꾸던 친구들과 싱겁게 헤어지고 그냥 집으로 돌아왔다. 무엇보다 수능을 망쳤다는 촉이 있었기 때문에 누구와도 말을 섞고 싶지 않았다. 모든 것이 끝인 줄 알았다. 내 인생이 더는 앞으로 나아갈 수 없는 줄 알았다. 주저앉을 수밖에 없다고 생각했다.

20여 년 전 기억을 지금 떠올려보니 그때의 내가 순진한 바보 같았다. 하늘이 무너질 것처럼 고민하고 밤새 울고 하지 않아도 됐는데, 뭘 그렇게까지. 그때는 수능이 전부였고 실패하면 '인생의 패배자'라는 주홍글씨가 가슴에 찍혀 사람답게 살 수 없을 줄 알았으니 어쩌겠는가.

채점을 하며 망쳤다는 예감이 사실로 확인되었을 때, 조용히 내 방으로 돌아왔던 기억이 난다. 죽고 싶은 마음뿐이어서 흘러내리는 눈물을 굳이 닦을 필요도 없었다. 그때 우연히 책장에서 〈죽은 시인의 사회〉라는 책이 눈에 들어왔다. 아무 생각 없이 책을 펼쳤고, 단숨에 읽어버렸다. 이게 무슨 영화나 드라마 같은 이야기냐 하겠지만 집중력 약한 내가 어떤 책을 '단숨에' 읽은 건 분명 사건이었다.

"카르페 디엠Carpe Diem."

책 속의 이 명문장처럼 나는 책을 읽던 그때를 즐기고 있었던 것일까. 비록 수능은 망쳤지만 바로 '내 인생의 책'을 만나 아픔을 이겨낼 수 있었다. 책장을 덮고 눈물을 닦고서는 조용히 잠자리에 들었던 기억이 떠올라 지금도 가슴 뭉클해진다. 그 후로 내가 명문장, 명대사, 명단어가 주는 힘을 맹신하게 된 것인지도 모른다.

수능이 200점 만점이든, 300점 만점이든, 400점 만점이든, 500점 만점이든 그것이 중요한 게 아니다. 그동안 내가 열심히 공부했고, 운까지 따라준다면 당연히 수능을 완벽하게 치르겠지. 행운은 준비된 사람에게만 찾아온다고 하지만 내가 단 한 번의 그 시험을 망쳤다고 해서 준비된 사람이 아니었다고 책망할 필요도 없다. 그러기에는 앞으로의 삶이 얼마나 스펙터클하게 펼쳐질지 아무도 모르기 때문이다.

공부는 못했지만 돈을 많이 번 사람도 많다. 공부는 잘했지만 정말 공부만 잘해서 사회에 적응 못해 현실의 낙오자가 되는 사람도 많다. 그러니 단순히 공부만 가지고 스스로를 판단하는 편협심에 빠져들지 말기를 바란다.

하지만 이거 하나만은 명심할 것. 드디어 자유가 찾아온다는 사실. 그리고 그 뒤에는 그동안 경험해보지 못했을 막중한 책임이 뒤따른다는 진리. 어떤 실수를 해도 입시 때문에 모든 것이 용서되고 이해되던 방어막이 서서히 걷히는 것이다. 많은 어른들이 늘 입버릇처럼 하는 말이 있다. "아, 다시 학교로 돌아가면 공부만 미친 듯이 할 수 있을 것 같은데." 물론 돌아갈 수 없다는 걸 너무나 잘 알고서 그저 자조하는 것이다. 그렇게 돌아가고 싶다면 대학교나 대학원을 가면 될 것을.

누구에게나 스물은 처음이다. 앞서 경험해본 사람들은 많지만 그것은 자신들만의 상황에서 경험해본 스물이기 때문에 자신들만의 이야기로 조언해주는 것일 뿐이다. 나에게 대입해보았을 때 맞을지 틀릴지 알 수 없다. 다만 자신이 걸어가야 할 길을 충분히 준비할 필요는 있겠다. 내 인생의 이야기는 이제 나만이 써나갈 수 있으며 내가 그 주인공이기 때문이다. 조연은 있겠지만 분명히 주연은 나 혼자밖에 없음을 명심해야 한다.

"내가 할 수 있는 것은 다했다. 나는 만족스럽다. 바라기만 하고 노력하지 않는 이에게는 기적이 일어나지 않는다."

언제나 우리 곁에서 동시대를 함께 살고 있는 피겨 스타 김연아의 따스한 이 한마디를 건네고 싶다. 나폴레옹, 간디, 안중근, 소크라테스, 아우구스티누스를 넘어 빌 게이츠, 버락 오바마, 스티브 잡스 같이 비현실적인 누군가의 명언보다 더 와닿을 것이다. 부디 준비 되어 있는 당신이 되기를 기도한다.

아무것도 하고 싶지 않은 인생이라고? 아무것도 하지 않는다면 아무것도 없이 살아갈 것임은 너무나 자명하다. 원인이 있으면 분명 결과가 따라오기 마련이니까.

"어른의 세계에 들어온 당신을 환영합니다!"

이곳은 학창시절보다 훨씬 당혹스럽고 현실적인 상황들로 가득 차 있다. 이제부터 당신만의 삶을 준비하기 바란다. 지금의 선택이 앞으로 수십 년을 좌우할 첫 걸음이 될 것이다.

이거 하나만은 명심할 것. 드디어 자유가 찾아온다는 사실. 그리고 그 뒤에는 그동안 경험해보지 못했을 막중한 책임이 뒤따른다는 진리.

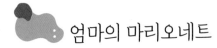# 엄마의 마리오네트

누군가의 아들로 산다는 것. 존재의 이유를 만들어주셨으니 더없이 감사한 일. 하지만 다른 한편으로 생각하면 삶의 영원한 굴레이자 족쇄. 벗어날 수 없는 뫼비우스의 띠 위를 끝도 없이 달리는 기분일 수 있다. 특히나 누구네 엄친아(엄마 친구 아들)와 나를 비교하기 시작할 때는 세상이 온통 잿빛으로 변해버린다.

칼바람이 몰아쳐 뺨을 찰싹찰싹 때려대던 한겨울의 어느 날이 생각난다. 군고구마나 군밤의 따스함, 아니 안방의 온기를 부여잡아도 모자랄 그 순간에 나는 누군지도 잘 모르는, 엄마의 잘 아는 분의 아들과 무한 비교를 당하고 있었다.

"○○는 1등 했다더라. 반에서 1등도 아니고, 전교 1등. 얼마나 좋을까."

"…"

"엄마가 아들 얼마나 사랑하는지 알지? 조금만 더 열심히 하자."

기분이 많이 상하고, 자존심도 상하고, 괜히 누군지도 모르는 그 친구가 미워지기 시작했다. 목적지도 모르는 기차에 승차해 꾸역꾸역 달려가기만 하고 있다는 생각이 매일 들었다.

'나는 엄마의 아들이지 엄마의 인형이 아니잖아!'

의기소침하던 중에 장래희망을 써내라는 방학숙제가 주어졌다. 직업의 세계를 조사한 후 자신이 희망하는 직업을 선택해서 제출하라는 것이었다. 처음에는 그랬다. 조사할 필요가 있나? 나는 이미 정해져 있잖아. 언제나 주변에서 들었던 직업은 판사, 검사, 의사였다. 다른 직업은 세상에 없는 줄 알았다. 그 직업만 존재하고, 그 직업만이 나를 빛내주는 것이라 생각했다.

하지만 곰곰이 돌아보면 스스로 어떤 사람이 되겠다는 생각을 막연하게나마 한 적은 있었던 것 같다. TV를 볼 때마다 뉴스를 소개하고, 토크를 진행하고, 라디오 DJ로도 활동하는 바로 그 직업, 아나운서를 나는 동경하고 있었다.

"텔레비전에 내가 나왔으면 정말 좋겠네, 정말 좋겠네. 춤추고 노래하는 예쁜 내 얼굴."

동요의 노랫말 그대로가 나의 꿈이었다. 내친김에 취업 수험서 전문서점을 찾았다. 취업을 준비하는 어른들만 가득한 그곳에 중학생 아이가 뭔가를 찾겠다며 책장 한 편에 미동도 없이 서서 몇 시간을 보냈다. 아나운서라는 직업이 그렇게 나를 유혹할 줄은 몰랐다.

나는 부산 출신이라 사투리를 쓰는데 그런 것은 전혀 문제라고 생각되지 않았다. 정확한 표준어 구사가 첫 번째 합격 관문이라고 냉정하게 적혀 있었지만 그런 문구 따위는 눈에도 들어오지 않았다. 아나운서 자료를 찾다 보니 덩달아 우리나라 방송의 역사에 대해서도 공부할 수 있었다. 공부에 도움이 될 거라며 부모님께서 큰돈 들여 사주신 수십 권의 〈세계문학전집〉은 손도 대지 않아서 내 책장을 반짝반짝 빛낼 뿐이었는데, 무슨 말인지도 모르면서 아나운서 이야기는 쉴 새 없이 읽었다. 개학 후 논문 못지않은 방학숙제를 제출한 나를 보고서 선생님은 눈이 휘둥그레질 수밖에 없었다.

우리나라 대부분의 엄마들은 내 아이가 판사, 검사, 의사가 될 것이라고 철석같이 믿는다. "우리 애가 공부머리는 참 좋은데, 노력을 안 해서 그래요. 곧 열심히 할 거니 판검사, 의사는 문제없어요." 이렇게 자녀를 희망고문 하는 엄마가 참 많다. 하지만 아이는 그렇게 하면 할수록 세상에서 가장 싫어하는 직업이 판검사, 의사가 되어버린다. 내가 하고 싶은 것이 아니라 엄마가 꿈꾸는 직업이기 때문이다.

아나운서의 꿈을 꾸었고 신문방송학과에 가고 싶었던 나였지만 문과에 가지 못했다. 마리오네트 인형과 같은 내 삶은 이과로 이어졌다. 판검사보다는 의사가 되어야 한다는 엄마의 확고한 의지 때문이었다.

"아들아, 너는 다 계획이 있구나."

알고 보니 엄마의 계획이 더 철저했던 것이다.

나는 엄마에게 아나운서가 되고 싶다는 얘기를 제대로 해보지 못했던 것 같다. 그냥 하라는 대로, 가라는 대로, 움직이라는 대로 그렇게 했을 뿐이었다. 착한 아들로, 모범적인 아들로, 칭찬 받는 아들로 살아야 하는 것이 당연하다고 생각했던 것이다. 그때는 도대체 왜 그랬을까 싶다. 조금만 더 나쁜 아들이었으면 좋았을 텐데. 조금만 더 불량스러운 아들이었어도 좋았을 텐데. 조금 덜 칭찬 받아도 좋았을 텐데 말이다.

나는 태어나서 두 번 가출을 했다. 그것도 대학생이 돼서 가출을 했다. 한 번은 케이블방송 VJ가 너무 되고 싶어서 오디션을 보러 가출했다. 부산에서 서울까지 아무 준비 없이 단지 오디션을 보고 싶다는 희망만 가득 안고서. 당연히 탈락이었지만 오디션을 봤다는 사실만으로 나는 살아 있음을 느꼈다.

두 번째는 뮤지컬 배우가 되고 싶어서였다. 결국 그 후 나는 뮤지컬 배우로 살았다. 전공자들도 쉽게 되지 못한다고 했는데 나는 배우가 되었다. 그렇게 되고 싶었던 대로 되었던 것이다. 그런데 의외의 순간들이 있었다. 엄마는 내가 가출을 했어도 특별히 뭐라고 하지 않았다. 내가 무엇을 하고 왔는지 뻔히 알고 계셨지만 아무 말도 하지 않았다.

그랬던 것이다. 엄마는 내가 뫼비우스의 띠를 끊어버린 것을 인정한 것이었다. 내가 마리오네트 인형에 매달린 줄을 잘라버린 것을 인정한 것이었다. 이제야 나다운 나로 살아갈 여건이 만들어진 것이었다.

하고 싶은 일이 있다면 반드시 큰 소리로 외쳐야 한다. 나만 속으로 끙끙 앓고 있다가는 아무도 모른다. 내 인생은 내것이다. 부모님 것이 절대 아니다. 하루라도 빨리 줄을 잘라버릴 수 있어야 한다. 하지만 그에 따른 책임을 결코 회피해서는 안 된다. 자유에는 반드시 책임이 따르기 때문이다.

내가 어떤 사람이 되고 싶은지 계속 이야기하고 조언을 구하고 그에 맞게 방법을 찾는 용기가 필요하다. 엄마에게 미움을 받을지라도 용기가 필요하다. 바로 그 한 줌의 용기가 나의 미래를 바꿀 수도 있으니 말이다. 인간은 공기만 들이마시고 사는 것이 아니다. 헛되고 불가능해 보여도 꿈을 들이마시며 살아간다.

아무것도 보이지 않는 깜깜한 터널을 지나고 있는 것처럼 미래는 그렇게 한 치 앞을 알 수 없지만 결국 저 끝에는 빛으로 가득한 출구가 보인다. 그 출구로 나가야만 할 텐데 그 출구로 나가는 것이 싫다면 계속 암흑 속에서 길만 찾아 헤매는 내가 되지 않을까.

지금이라도 늦지 않았다. 단 한 순간도 후회할 필요는 없다. 바로 지금, 엄마의 삶이 아니라 내 삶을 살아갈 수 있는 용기를 가져보는 건 어떨까.

나는 엄마의 아들이지 엄마의 인형이 아니잖아!

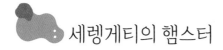

세렝게티의 햄스터

조선시대 사대부 집안에서는 15~20세 남자에게 어른이 되었다는 표시로 상투를 틀어 갓을 씌우는 예식을 행한 후 초례를 치렀다. 여자는 쪽을 찌는 의식을 행함으로써 성년이 되었음을 알렸다. 이 외에도 전 세계는 다양한 방식의 성년식으로 청춘을 축하해왔다.

남태평양 여러 섬나라들은 '미혼자의 집'이라는 곳에 성년을 앞둔 소년을 2~3년간 합숙시킴으로써 전통을 이어간다. 이곳에서 정신적 인내와 육체적 단련을 받은 후 부족으로 돌아와 성인 대접을 받는 것이다. 인도네시아 발리에서는 또 다른 성년식이 펼쳐진다. 소년과 소녀의 뾰족한 송곳니를 앞니처럼 가지런하게 만들기 위해 작은 망치로 치고 줄로 연마한다. 송곳니를 자르지 않으면 악마의 신을 지니고 있다고 생각하는 것이다.

이스라엘 소년은 성지 중의 성지인 '통곡의 벽'에서 '바르미츠바'라고 불리는 성년식을 갖는다. 회당에서 아버지가 아들에게 민족의 구원과 태동에 관한 이야기를 들려주면 아들은 몇 시간에 걸쳐 눈을 감고 이를 암기한다. 미얀마의 성년식은 소년의 경우 '신쀼', 소녀의 경우 '나뜨윈'이라 불린다. 소년은 단기승려로서 수행을 하고, 소녀는 귀에 귀걸이 구멍을 뚫는다.

이와 같이 통과의례를 거쳐야 어른이 된다. 그만큼 어른이 된다는 것은 새롭다는 것을 의미하며 다르게 행동해야 하는 것이다. 책임이 뒤따르고, 권리를 주장하기 전에 의무를 다해야 하며, 하지 말아야 할 것들이 해도 되는 것보다 많아졌음을 의미한다. 그래서일까. 어른들은 돌아가지 못할 것을 뻔히 알면서도 모든 것이 용서되던 어린 시절을 그리워하는지도 모른다.

요즘 우리의 성년식은 너무나 확고해졌다. 바로 수능시험. 이날을 전후로 청소년에서 청년으로, 단 한 번도 정류장에서 멈추지 않는 특급열차를 타버리게 된다. 어떤 가르침도 듣지 못했고, 어떤 준비도 하지 못했는데 느긋하게 공기를 들이마시듯 너무나도 쉽게 어른이 되어버린다. 부모님도 선생님도 이날 이후로 무엇을 어떻게 해야 하는지에 대해 구체적으로 이야기해주지 않는다. "그동안 너무 힘들었으니까 뭘 해도 이해할 수 있으니 하고 싶은 거 마음껏 하렴" 말하는 것만 같다. 하지만 이것은 정답은 아니다. 뭘 해도 용서해준다고는 했지만 뭘 해본 적도 없으니 무엇을 해야 하는지 알 수가 없는 것이다.

그런데 이쯤 되면 다들 하고 싶은 것이 한 가지씩 생긴다. 연애? 취미생활? 원 없이 잠만 자기? 아니다. 오직 대학만을 바라보고 달려온 지난 12년, 재수생활을 1~2년 더 했다면 그 기간까지 포함하여 단 하루도 누군가의 간섭 없이 살아본 적이 없었으니 '무한자유'를 생각하게 된다. 일탈을 조금 더 하고, 게으름을 조금 더 보태어 생각해보면 그건 바로 '자취'다. 기숙사 생활도 '땡큐'를 외칠 수 있겠지만, 기숙사 역시 간섭과 통제가 어느 정도 존재하기에 모두들 자취를 꿈꾸게 된다.

하지만 알아야 한다. 자취는 아름다운 낭만이 아니다. 옥탑방 창밖 밤하늘에서 폭포수처럼 쏟아지는 은하수를 바라보며 나도 모르게 가슴에 십자성호를 그을 만큼 감동적이지 않다. 한겨울에는 춥다 못해 온몸에 냉기가 돌고 한여름에는 갓 구운 오징어처럼 온몸이 열기로 후끈해진다. 멋모르고 선택하는 반지하는 영화 〈기생충〉의 한 장면 못지않다. 더했으면 더했지 결코 덜하지 않다.

자취는 자유를 향한 절대 해방구가 아니다. 자취란 무한자유 뒤에 무한책임을 요구한다. 자취를 넘어 자립에 대해 프랑스의 사상가이자 언어학자인 르낭은 이렇게 말했다. "남에게 의지하면 실망하는 수가 많다. 새는 자신의 날개로 날고 있다. 따라서 사람도 스스로 자기의 날개로 날아야 한다." 영국의 작가 새뮤얼 스마일스는 이런 말을 남겼다. "자립정신이야말로 진정한 성장의 뿌리다."

하지만 나는 이렇게 말하고 싶다.

"빨래는 입고 나갈 옷이 없을 때나 하는 것이다."
"옷을 두는 그곳이 바로 옷장이다."
"컵으로 물을 마시는 것은 사치다."
"밥과 반찬은 반비례한다."

"자취 좀 해봐야 애국자 되고, 자취 좀 해봐야 가족 귀한 줄 안다."

나는 이처럼 뼈를 때리는 생활밀착형 '언중유골'의 말들을 남기련다. 물론 이런 농담 반, 진담 반 같은 말들과 상관없이 자취는 꼭 해보기를 추천한다. 그동안 혼자 살아본 적이 없었고, 독립적으로 무엇인가를 못 해봤기 때문에 삶이 얼마나 녹록하지 않은지 깨닫게 해주는 데 이만한 방법이 없는 것 같다.

나는 공과대학을 졸업하기에 앞서 우연히 보게 된 뮤지컬 〈캣츠〉 때문에 뮤지컬 배우가 되지 않으면 죽을 것만 같은 병을 앓은 적이 있다. 그래서 집을 뛰쳐나왔다. 당연히 대학 졸업하고 평범한 직장인으로 평범하게 결혼해서 평범하게 아들딸 잘 낳고 평범하게 부모님 공경하며 평범하게 내 집 하나 마련하고 평범하게 노후를 보낼 것이라고 나의 부모님은 철석같이 믿으셨다. 학교 다닐 때만 해도 세상 부러울 것 없는 그런 모범생이었으니 말이다.

가출이라면 가출이었기 때문에 수중에는 몇 백 원도 없

었다. 다행인 것은 연극을 하는 지인의 자취방에 얹혀사는 신세로나마 살 수 있었던 것이다. 하지만 자취 환경은 열악하기 그지없었다. 지금 생각해보면 어떻게 거기서 살았는지 몸서리쳐질 정도다. 그렇지만 뮤지컬 배우가 되고 싶다는 꿈이 있었고, 그 꿈을 야금야금 베어 물어가며 야생의 삶에 몸을 던질 수밖에 없었다.

아침마다 방 청소를 하겠다며 노크도 없이 밀고 들어오는 엄마가 그렇게나 미웠는데 그 엄마가 그렇게나 보고 싶을 줄은 몰랐다. 일요일 새벽만 되면 목욕을 가자고 깨우던 아버지 역시 그렇게나 그리울 줄 몰랐다. 자기 방은 추운데 오빠는 좋은 방 있어서 좋겠다며 몇 년을 투덜거리던 동생의 말이 생각날 줄도 몰랐다.

많은 자취생들이 자취의 장점으로 '엄마가 없다'를 꼽지만, 동시에 자취의 단점으로도 '엄마가 없다'를 꼽는다. 이는 무엇을 의미할까. 해도 후회, 안 해도 후회? 그렇다. 하지만 이왕 후회할 거면 해보고 후회하는 것도 나쁘지 않다. 가능한 직접 자신의 힘으로 월세도 마련해보고, 생활비도 마련해보기를 권하고 또 권한다. 나는 정말 그렇게 살았다. 온실 속의 화초가 지긋지긋하고 괴로워서 탈출했는데, 결국 세렝게티의 햄스터가 된 기분으로 살게 된 것이다.

하지만 그 햄스터는 앞니를 날카롭게 갈고, 발톱을 바짝 세우고, 눈빛을 매섭게 다듬으며 살아가는 방식을 알게 되었고, 나답게 살아갈 이유를 찾게 됐다. 잘 굴러가는 돌이 잘 깎이고 깎여서 자갈처럼 동글동글해지듯 그렇게 살아갈 필요성은 충분히 있었던 것이다. 자취를 꿈꾸는 청춘이라면 책임과 의무를 충분히 견뎌내야 한다. 그렇게 우리는 스물이 되고, 내일의 또 다른 삶을 꿈꾸며 기다리는 것이다.

자취는 꼭 해보기를 추천한다. 그동안 혼자 살아본 적이 없었고, 독립적으로 무엇인가를 못 해봤기 때문에 삶이 얼마나 녹록하지 않은지 깨닫게 해주는 데 이만한 방법이 없는 것 같다.

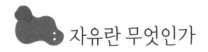

자유란 무엇인가

'경제적 자유', '양손을 자유롭게', '자유로운 오늘 하루', '자유여행', '자유토론' 등 '자유'라는 단어는 영원히 사라지지 않을 공기처럼 우리 일상에 다분히 '자유롭게' 녹아들어 있다. 그래서인지 그 의미가 얼마나 중요한지 제대로 알지도 못한 채 그냥 스쳐 지나가는 건 아닌가 싶을 때가 많다. 사실 그렇게 생각하는 거 자체가 그렇게 중요한지 느껴본 적도 없는 건 아닐지.

물론 재미없는 이야기일 수 있다. 생각하기에 따라 머리가 아플 수도 있다. 하지만 반드시 고민해봐야 할, 아니 그렇게 해봤으면 권하고 싶은 주제이기에 조심스럽게 꺼내본다. 자유. 사전은 '남에게 구속을 받거나 무엇에 얽매이지 않고 자기 마음대로 행동하는 일, 또는 그러한 상태'라고 정의한다. 좀 더 쉽게 이야기해보자면, 내 마음대로 원하는 것을 사고, 내 의지대로 어느 장소에 가고 누구나 만날 수 있음을 의미한다.

솔직히 고백하자면 나는 자유가 그렇게나 무거운 것인지 몰랐다. 100톤짜리 망치 못지않은 참을 수 없는 무거움이 있었던 것이다. 학창시절에는 나의 의지와 행동이 나를 둘러싼 어른들의 통제 아래에서 반응했기 때문에 자유를 억압하는 것에 반감이 들었던 것이 사실이다. 물론 100퍼센트가 아니었다 할지라도.

시험이 끝나면 친구들과 밤늦게까지 놀고 싶은데 그것이 내 마음대로 되지 않았다. 통금 시간이 있었고, 다음날 학교 수업을 위해 반강제적으로 적절하게 컨디션이 유지되어야 했다. 부모님은 나에게 잔소리하고, 선생님은 내게 '라떼는 말이야' 식 조언을 남겼다. 나의 의식 속에 존재하는 많은 어른들은 내가 모범생이어야 하고, 우등생이어야 함을 강조했다. '아이 하나 키우는 데 온 마을이 필요하다'는 아프리카 속담도 지금 생각해보면 새삼스럽지 않을 정도다.

하지만 고등학교를 졸업하고 막상 대학교에 진학하고 나

니 그런 보살핌이 그리워질 때가 많았다. 인간은 더없이 이기적인 동물이다. 아니, 갈대 같은 존재인가? 고등학교를 졸업하기 전까지는 분명 나밖에 모르는 이기적인 동물이거나 갈대 같은 존재인 것은 확실하다. 제발 대학교만 가면 누구에게도 구속 받지 않고 자유를 마음껏 즐기리라고 다짐해 왔으니 말이다. 참으로 쉽게 입 밖으로 내뱉고 다녔는지도 모르겠다. 하지만 어느 순간 부모님의 구속이 그립고, 선생님의 잔소리 한 마디가 아쉬웠다. 정말 나도 모르게.

김이 모락모락 올라오고, 고슬고슬한 질감의 밥이 담겨 있는 밥공기를 앞에 두고 "공부는 다 때가 있다"며 "지금 하지 않으면 평생 후회한다"고 연설하던 아버지 앞에서 뒷목이 당겼던 엄청난 경험이 대학 입학 후 추억으로 떠오를 줄이야. 하버드대학 연구진도 인정했다는 밥상머리 교육을 위해 "대학 가면 하고 싶은 대로 다 할 수 있으니 지금 나 죽었네 하며 최선을 다해라" 하는 훈계를 견디다 못해 울컥하며 집을 나서는데 그 뒤에다 신발짝을 집어던져 완벽하게 명중시킨 엄마의 행동도 추억이긴 마찬가지였다.

그랬다. 대학에 입학하면 하고 싶은 대로 다 할 수 있었다. 그렇다고 들었다. 하지만 책임이 뒤따랐다. 그건 누구도 말해주지 않았다. 운전면허증만 따면 하늘까지 날아가도록 속도를 낼 수 있을 줄만 알았는데 단속 경찰이 잊지 않고 나를 기다리고 있는 느낌이라고나 할까. 그런데 그런 자유다운 자유를 누려본 적이 없으니 뭘 어떻게 해야 할지 알 수 없었다. 진짜 자유가 무엇인지 몰랐던 것이다.

내가 대학생일 때는 나라 전체가 경제위기 상황이었기에 아이러니하게도 더 큰 자유가 주어졌다. 물론 원하지 않았던 자유였다. 살아남아야 했고, 살아갈 방법을 찾아야 했던 것이다. 부모님의 보살핌이 그립다고 해서 다시 그때로 돌아갈 수도 없었다. 선생님은 나의 삶에 세세한 영향을 끼쳤기에 길을 좀 찾아달라고 요청이라도 할 수 있었지만, 교수님은 달랐다. 대학에서는 수업에 들어오지 않는다고 해서 교무실로 불러내 야단치는 일도 없었던 것이다. 힘들어 죽을 것만 같은 나에게 방법을 가르쳐달라고 조를 수도 없었다. 낯설고 답답했다.

봉건제, 절대군주제가 몰락하며 영국의 권리장전, 미국의 독립선언, 프랑스의 인권선언을 통해 기본적 자유의 보호를 위한 협약과 시민적, 정치적 권리에 관한 국제 규약이 법적으로 보장되었건만, 일반 시민들은 누려본 적도 없는 자유를 어떻게 누려야 할지 전혀 몰랐던 그때의 심정 그대로였다.

뻔한데 자유 얘기를 왜 꺼내는지 반문하는 누군가가 있을 수 있다. 충분히 이해한다. 나 역시 그랬으니까. 하지만 자유를 올바르게 이해하고 받아들여야 한 단계 더 성숙한 인간으로서 대우 받는다는 사실을 알려주고 싶을 따름이다. 인생 선배라는 거창한 이름으로 한마디 하려는 꼰대짓이 결코 아니라고 두 번 세 번 강조하고 싶다.

스물이면 더 이상 누구도 구속하지 않는 사회에 들어선 것이다. 누구도 그 길로 이끌어준 것이 아니요, 아무도 그 길의 어려움과 두려움에 대해 이야기해주지 않는다. 알량한 자유를 안고, 학창시절보다 더욱 매섭고 냉정한 야생 속 한 마리 새끼사슴으로 새롭게 등장하는 것이다. 하지만 결국 새끼사슴도 살아남기 위해 뿔을 더욱 단단하게 갈아놓을 것이며, 성장하는 과정에서 자신을 지켜줄 무기를 찾아낼 것이다.

누군가의 도움이나 지시 없이 나만의 판단으로 맞닥뜨린 상황을 스스로 이겨내야 한다. 이겨내지 못하고 나락으로 떨어진다고 해서 누군가가 곁에서 곧바로 도움의 손길을 내미는 것도 아니다. 그러니 충분히 단련되어야 한다. 철저히 준비되어 있어야 한다. 하루하루 반갑게 자유를 맞이하다가 언젠가 책임이 나타나 뒤통수칠 수 있다. 자유가 반드시 내 편인 것은 아니다. 이처럼 꼭 자유에 대해 이야기하고 싶었다. 기회가 된다면 모두 함께 둘러앉아 진지하게 털어놓고 싶다. 옳고 그름에 대한 고민과 반성이 아니라, '누가, 언제, 어디서, 무엇을, 어떻게, 왜'에 대해 허심탄회하게 이야기를 나누고 싶다. 고등학생과 대학생을 구분 짓는 사회적 잣대는 분명 입시일 것이다. 하지만 실질적으로 자유를 어떻게 받아들이고 누리느냐에 달려 있다고 슬쩍 한마디 하고 싶다.

이제 새로운 세상으로 한 발을 들여 놓았다. 이제 어른으로 인정받는다. 하지만 자유로 충만하고 자유가 당연시되는 어른의 삶이 반드시 행복하다고 말할 수는 없다. 어른의 하루는 생각 이상으로 자유에 반하는 고민으로 가득하고, 분노로 넘쳐나며, 아픔으로 들쑤신다. 그러니 자유는 두 얼굴의 야누스를 닮았다는 명제를 가슴에 새겨 고민해봐야 한다.

자유는 분명 새벽녘 아련하게 떠오르는 태양처럼 희망과 설렘을 안겨줄 것이다. 하지만 분명 태양은 때가 되면 지평선 너머로 사라진다. 상실과 안타까움을 가득 안고서. 그러니 '자유란 무엇인가' 다시 물어야 한다. 나에게, 당신에게, 우리 모두에게. 선뜻 답해주는 이가 없으면 스스로라도 자유에 대해 고민해보라고 당부하고 싶다. 내게 그렇게라도 말해준 사람은 아무도 없었다. 그냥 알아서 다 잘 될 거라며 근거 없는 희망만 가득 안겼을 뿐이었다. 지금도 내가 좌충 우돌하는 삶을 이어나가는 이유가 여기에 있는지도 모른다.

하루하루 반갑게 자유를 맞이하다가 언젠가 책임이 나타나 뒤통수칠 수 있다. 자유가 반드시 내 편인 것은 아니다.

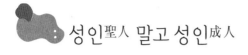

성인聖人 말고 성인成人

살다 보면 오늘 하루가 별것 아닌 것처럼 느껴질 때가 있다. 어제와 오늘이 똑같고, 내일도 크게 다르지 않을 거라는 생각에 사로잡히는 것이다. 분명 아침에 눈을 뜬 후 이불 속에서 꼬물거리며 '오늘은 이걸 해야지' 마음속으로 계획을 세우곤 하는데, 왜 하루를 마감하고 이불 속에 파고들면서는 그저 똑같은 하루로 느껴지는 걸까. '그래, 오늘 하루도 수고했어.' 이런 무심한 척 흔데레 같은 칭찬이 무색할 정도다. 이렇게 가끔 끝없이 쳇바퀴만 열심히 돌릴 뿐이라 자조하기도 하고, 한편으로는 거대한 장치 속 톱니바퀴의 한 끝이라는 생각이 들어 스스로에게 낙담하기도 한다.

그런데 생각해보면 이는 당연한 고민이다. 그동안 단 한

번도 제대로 '내'가 내 삶에서 결정을 내린 적이 없었기 때문
이다. 결정을 내려주는 사람이 따로 있었기 때문이다. 그러
다 보니 그 결정이 맞으면 다행이라 여기고, 그렇지 않으면
그 결정을 내려준 사람을 비난하면 그만이었던·것이다.

하지만 이제는 다르다. 대학이라는 1차적 목표를 이루고
나니 불안과 허무가 찾아온 것이다. 내게 피겨스케이팅의
재미를 눈뜨게 해준 김연아 선수도 올림픽 금메달을 따고
나니 더없이 허망하고 무력해졌다고 하지 않았던가.

〈자유로부터의 도피〉를 쓴 철학자이자 심리학자 에리히
프롬이 말하는 자유는 대략 이렇다. 수백 년간 열심히 노력
하여 결국 인간은 물질적인 부를 쌓았고, 민주주의 사회를
이루어냈으며, 전체주의에 맞서 자신을 지켜내는 데 성공했
다. 하지만 인간은 자신이 그렇게 힘겹게 성취한 자유를 독
재자에게 넘겨주고 그냥 호의호식하며 살고자 하는 유혹에
도 사로잡힌다. 자유는 인간에게 독립성과 합리성을 선사
했지만, 동시에 개인을 고립시키고 그로 말미암아 불안함과
무기력함을 배가시켰다. 즉 마음을 다지고 스스로를 돌아
보지 않는다면 갑작스럽게 훅 다가온 자유를 조금도 누리지
못할 수 있다는 말이다. 아니, 어떻게 누려야 할지조차 몰라

방향감각을 잃어버릴 수도 있다.

가끔씩 주위에서 이런 말들을 들었을 것이다. "서울대 나온 옆집 누구누구 아저씨는 사회에 적응을 못해서 백수로 살더라." "명문대 졸업한 누구네 딸이 서류전형에서는 늘 합격하는데 면접을 못 봐서 취업하는 게 쉽지 않다더라." 떠도는 괴소문이 아니다. 나도 충분히 그렇게 될 수 있다. 단 한 번도 '오늘'을 살아봤던 적이 없는 '내'가 아니던가. 하루하루가 새롭지만 어떻게 살아야 할지 모른다. 자유도 마찬가지다. 누려본 적이 없으니 어떻게 누려야 할지 모르는 것이다. 그러니 이제라도 준비를 해야 한다.

"성인聖人이 되라는 것이 아니다. 성인成人이 되어야 한다."

나는 대학에 들어가고 나서 무엇을 해야 할지 정말 아무것도 알지 못했다. 가고 싶었던 학과도 아니었기 때문에 더욱 난감했다. 그나마 교양수업은 재미있었지만 전공수업은 정말 싫었다. 전공수업만 있는 날은 학교를 가지 않은 적도 있었다. 입학과 동시에 방황을 시작했다. 자유롭게 등교하면 되었지만, 자유롭게 등교 자체도 하지 않게 되었다.

차츰 나 스스로가 한심해지기 시작했다. 그렇게나 열심히 앞만 보고 달렸는데, 이제는 멈춰 서 있는 것도 아니고 뒤로 돌아가는 느낌이 들었던 것이다. 나는 뭘 해도 잘되지 않을 것 같은 느낌에 사로잡혔다. 우연히 책을 집어 들었고, 그 책은 좀 더 하고 싶은 것을 하고 살라는, 지극히 뻔하지만 너무나도 당연한 말을 하고 있었다. 지금은 그때보다 이런 말이 지겨울 정도로 정설이지만, 그때는 그 말을 당당히 해주는 누군가도 별로 없었다. 그냥 사회에 맞춰 살아가는 톱니바퀴 인생들이었으니까.

그래서 나는 굳이 학교를 바꾸거나, 학과를 바꾸거나 하지 않았다. 그 안에서 최소한의 즐거움을 찾으려고 노력하고, 그 밖에서 최대한의 즐거움을 찾으며 둘 사이의 충돌을 줄여나가는 삶을 살기로 선택했던 것이다. 그렇게 마음먹고 나니 하루하루가 즐거웠다. 내가 생각했던 이상의 행복을 누릴 수 있었다. 내게 주어진 자유를 마음껏 누릴 기회를 찾으려고 애썼던 것일 뿐인데 그렇게 운명처럼 행복이 다가온 것이었다. 각자에게 자유는 분명히 주어진다. 하지만 어떻게 받아들이고 어떻게 누리냐에 따라 나의 10년, 20년 인생이 달라진다. 지금 당장 살기도 힘든데, 무슨 10년, 20년 이후 삶을 걱정하느냐고? 보험을 생각해보면 이해가 쉽지 않을까. 조금씩 서서히 쌓아가는 것이다. 언젠가를 대비하여. 그리고 보니 요즘 욜로YOLO족은 훗날 아픈 건 그때 생각하고 지금은 그 돈으로 즐겁게 사는 게 낫다고까지 주장한다.

사실 정답은 없다. 전부 자신의 선택에 따라 살아가는 것이다. 하지만 분명 그런 선택을 하기까지 준비는 되어 있어야 한다. 그 선택의 자유까지 타인에게 맡길 수는 없다. 톱니바퀴 인생은 이제 그만 살아야 한다.

그렇다면 도대체 뭘 준비해야 한다는 것일까. 한 가지만 확실히 강조하겠다. 바로 독서! 지겹도록 많이 들었겠지만 스마트폰을 잠시라도 내려놓자. 하루에 10분만이라도 내려놓자. 그리고는 부모님이 사두신 책이라도 한 권 꺼내어 읽어보자. 요즘은 전자책과 오디오북이 대중화 되어 있으니 스마트폰을 내려놓으라고 하는 말 자체가 어불성설이라고? 그렇다면 관련 어플을 깔아보자. 그리고 읽자. 또 읽자. 읽다가 재미없으면 잠시 쉬어도 된다. 혹시나 도저히 못 읽겠으면 다른 책을 읽자. 그것도 힘들면 동화책도 좋고, 만화책도 좋다. 우선은 읽자. 그렇게 활자에 익숙해지다 보면 뇌에 좀 더 어려운 책도 읽을 수 있는 근육이 발달할 것이다. 읽는 것이 힘들다면 듣는 것도 괜찮다. 오디오북은 듣는 재미를 선사한다.

한 권의 책은 한 사람의 인생이다. 그 역시 처음이었을, 뒤죽박죽 엉망진창이었을지도 모르는 자신의 인생을 차분하게 정리해 내게 조곤조곤 들려주는 것이다. 내 인생과 그 인생이 결코 똑같을 수는 없겠지만, 한 번쯤 발자취를 좇을 순 있지 않을까. 간접경험이 가져다주는 힘은 크고 놀랍다.

딱히 어떤 책이 좋다고 여기서 풀어놓고 싶진 않다. 나에게 맞는 책이 있고, 각자의 삶에 맞는 책이 있으니 직접 선택하길 바란다. 책을 고르는 과정 역시 공부여서 소중한 시간이다.

스마트폰을 잠시라도 내려놓자. 하루에 10분만이라도 내려놓자. 그러고는 부모님이 사두신 책이라도 한 권 꺼내어 읽어보자.

그래도 결과보다 과정

모든 것이 그렇다. 말은 쉽다. 인생에 있어서 결과보다 과정이 중요하다는 말, 이젠 듣기도 싫다. 양손으로 귀를 꽉 막아버리고 싶다. 이건 정말 말도 안 된다. 과정이 뭐가 그렇게 중요하단 말인가. 뉴스만 봐도 최고의 위치에 오르기만 하면 그 더럽고 불공정한 과정쯤이야 쉽게 묻힌다는 걸 알 수 있는데. 합법적으로 남의 돈 가로채는 일도 능력인데. 사회는 이런 사람에게 박수를 보내고, 이런 사람을 롤 모델로 삼는데. 기가 차지만 한편 부럽지 않은가 말이다.

지금까지 살아 보니 나는 이런 배포 넘치는 사람이 아니라는 사실을 깨닫게 되었다. 그렇게 사는 사람은 그렇게 살아야 하고, 나처럼 사는 사람은 나처럼 살아야 하는 것이다.

아침에 눈뜨면 스마트폰을 찾아 라디오 어플부터 켜는 나는 첫 곡을 들을 때마다 하루를 짐작하게 된다. 마치 점을 보듯 말이다. '오늘 하루는 파이팅이 넘칠 거야. 아니야, 오늘은 분명 차분하고 분위기 있는 하루를 보낼 거야.' 비록 이불 속 공상이지만 하루를 제대로 나답게 보내기 위한 시동인 셈이다. 이렇게 하루가 시작되는 것이다.

화장실에서도 내 삶의 과정은 꽃을 피운다. 화장실은 보통 용변을 보고 샤워나 세수하는 곳이다. 하지만 내게 화장실은 번뜩이는 아이디어를 마음껏 뽑아내는 곳이다. 절대 스마트폰은 들고 들어가지 않는다. 온몸이 편안해지기 때문에 생각도 마음대로, 상상도 무한대로 뻗어나간다. 편집자로 살면서 떠올린 수많은 기획들과 제목들과 카피들이 화장실에서 나왔다고 한다면 내가 너무 '더티' 하게 보이려나. 화장실은 내게 최고의 상상 공장으로 창의력이 넘치는 곳이다. 지극히 성스러운 곳이라고까지 말할 수 있다. 물론 들키고 싶지 않은, 약간은 지저분할 수 있는 비밀 공간이긴 하다.

나는 차를 사지 않았다. 정면만 보지 않고 옆도 보고 뒤도 돌아보고 싶었기 때문이다. 사고가 날까봐 조심조심 앞만 보며 달리고 싶지 않았던 것이다. 사방팔방을 둘러보면 예상치 못한 감동과 재미와 기쁨을 누릴 수 있는데 왜 굳이 앞만 보고 달려야 하는 걸까 싶어 대중교통을 이용하거나 오히려 걷는 데 집중하게 되었다.

보통 얼굴 절반 이상을 가리는 헤드셋을 머리에 장착하고는 버스 창밖을 내다보며 오디오북을 듣거나 음악을 감상한다. 그래서 버스에 앉으면 꼭 창가 자리에 앉고, 그것도 꼭 버스 뒷바퀴 때문에 불룩 솟아 있는 그 자리에 앉는다. 다리를 앙 모으고서 창밖을 내다보면 집중이 잘되는데, 나만의 습관이기도 하다.

버스 창문 너머로 보이는 세상은 재미있다. 수많은 가게들이 서로 뽐내듯 경쟁적으로 내걸어둔 간판을 보고 있으면 조화로운 듯 그렇지 않은 듯 애매모호한 감정이 들고, 그것을 디자인으로 표현하면 어떻게 될까 혼자 구상할 때가 많다. 또한 대도시 서울에는 참 교회가 많다는 것을 주로 밤에 버스를 타고 다닐 때 알게 됐다. 특히 산복도로를 넘나드는 버스 창문에 붉은 십자가 빛이 강렬하게 비친다. 빵집도 많이 보이고, 물론 고깃집도 많다.

이렇게 바라보며 기록하고 기억하며 쌓아가다 보니 기획하고 편집하고 연출하는 데 많은 도움이 된다. 나도 모르게 실력이 쌓이는 것만 같아 뿌듯하기까지 하다. 이처럼 과정이 중요한 것이다.

걸을 때는 더없이 신난다. 보도블록의 울퉁불퉁 감촉을 타고 신발을 지나 올라오는 진동은 약해빠진 나의 척추를 사정없이 뒤흔들기도 하지만, 보도블록에 걸려 넘어지지 않는 것만으로도 다행이라 생각한다. 이런 과정이 꽤나 리드미컬하게 느껴지기도 한다. 걸을 때는 고개를 위아래로도 움직일 수 있다. 버스 안에서는 앞, 옆, 뒤만 볼 수 있다면 걸으면서는 3D 입체감을 갖고서 위아래까지 가능해진다. 오늘 하늘은 더없이 파랗다. 구름 한 점 없는 하늘인 것 같지만 저편에는 두둥실 뭉게구름이 덩실거리겠지. 걷다 보니 목 뒤와 겨드랑이, 그리고 이마에 땀이 송골송골하다. 딱 이럴 때 편의점에 들어가면 기다렸다는 듯 시원한 음료 한 잔이 나를 반긴다. 정말 나를 기다렸다는 듯이.

다시 걷다 보면 이번에는 사람들의 표정이 보인다. 걸을 때 이렇게 걷는 사람, 걸을 때 저렇게 표정 짓는 사람. 이런 모습들을 보면 요즘 사는 게 어떤지 조금이나마 그려진다. 경제가 어려울수록 역시나 사람들의 표정은 그리 밝지 않다. 길에서 다투는 커플들도 많이 보인다. 뭐가 그렇게 서로 믿고, 왜 그렇게 서로 이해하지 못하고 사는 걸까.

이처럼 길을 걸으면 목적지에 도달하기까지 만나게 되는 것들이 정말 많다. '멈추면 비로소 보이는 것들'이 아니라 '걷다 보면 비로소 보이는 것들'이 참 많은 것이다.

세대 불문 우리는 결과만 박수 받는 세상에 살고 있는 것이 사실이다. 그리고 돈을 많이 모아야 가치 있게 산다고 인정하는 것도 사실이다. 그렇지만 돈이, 부가 쉽게 나를 찾아오지 않는다는 진리를 빨리 받아들일 필요가 있다. 나는 소소하고도 평범하게 살아가는 사람일 뿐인 것이다.

보통의 생활 속에서도 얻을 수 있는 가치들이 많다. 평범함의 이면에 숨어 있는 진정한 의미들 말이다. 역사는 언제나 한두 명의 승자와 리더를 중심으로 기록된다. 수많은 평범한 사람들의 삶은 잘 드러나지 않는다. 그렇지만 우리는 안다. 평범한 사람들의 힘이 모여 역사를 이룬다는 것을.

나라가 어려울 때 늘 큰 힘이 된 것은 평범한 사람들의 평범한 의지이자 평범한 보탬이 아니었던가. 그러니 결코 결과만 바라보며 삶을 선택하지 않았으면 좋겠다. 과정이 행복하게 이어질 수 있는 그런 삶을 선택하라고 조심스럽게 말해주고 싶다.

조금은 손해를 볼 수 있다. 아니 많이 손해를 볼 수도 있다. 하지만 그로 인해 좌절하지 말기 바란다. 분명 배우고 얻는 것들이 있다. 나 역시 한때 사기를 당해 어렵게 살았던 적도 있었다. 그 돈만 생각하면 피가 거꾸로 솟는 것 같은 분노를 참지 못한다. 하지만 돌이켜보면 그런 순간들이 켜켜이 쌓여 조금 더 단단해지는 나를 만들 수 있었다. 그 과정 하나하나가 지금 생각해보면 참으로 고맙다.

내일은 로또를 사야겠다. 딱 5천 원어치만. 일주일 동안은 참으로 설레고 기분 좋을 것이다. 꽝으로 5천 원을 날릴 수도 있고, 본전으로 만족해야 할 수도 있고, 조금 더 받을 수도 있을 것이다. 하지만 그 일주일의 행복이라는 과정의 소중함을 결코 잃고 싶지 않다. 누구와도 나누고 싶지 않을 만큼.

과정을 사랑할 줄 알아야 한다. 그래야 상처를 극복하는 데 지혜로울 수 있고 시간도 단축시킬 수 있다. 오직 목적지만 바라보고, 결과에만 매달리는 사람은 허탈함과 상실감에 젖어들어 결국 자신을 인생의 나락으로 빠뜨릴 수 있다.

더없이 잘난 사람들로 가득한 현대사회에서 자존감을 지

키고 키워나가는 것은 어렵기만 하다. 하지만 다른 한편으로 생각해보면 그리 어렵지도 않다. 지금까지 내가 밟아온 과정들을 사랑하면 된다. 그 순간순간의 소중함을 잊지 않고, 잃지 않는 것이다.

길을 걸었지 누군가 옆에 있다고 / 느꼈을 때 나는 알아버렸네 / 이미 그대 떠난 후라는 걸 / 나는 혼자 걷고 있던 거지

지금은 장범준이 불렀다고 알려져 있지만 사실은 전설의 밴드 산울림이 먼저 불렀던 〈회상〉 중 일부 가사다. 청춘의 삶을 너무나도 잘 표현해낸 것 같아 놀랍기만 하다.

청춘의 과정은 더없이 싱그럽고 맑고 아름답다. 왜냐하면 오직 나만의 과정이기 때문이다. 누구와도 비교할 수 없을 만큼 새롭고 다채롭다. 뭘 해도 다 이해가 되고, 뭘 해도 다 박수 받을 만한 과정 아닌가. 지금 바로 시작해보길 바란다. 뭐라도 가능하다. 어떤 변명도 필요 없는 당신의 지금을 나는 흐뭇하게 바라보고 있다.

과정을 사랑할 줄 알아야 한다. 그래야 상처를 극복하는 데 지혜로울 수 있고 시간도 단축시킬 수 있다. 오직 목적지만 바라보고, 결과에만 매달리는 사람은 허탈함과 상실감에 젖어들어 결국 자신을 인생의 나락으로 빠뜨릴 수 있다.

Chapter 2

낯선 나를 만나도
반갑게 눈 맞춤

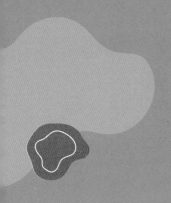

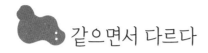

같으면서 다르다

'비가 내리고 음악이 흐르면 난 당신을 생각해요…' 김현식이 부른 〈비처럼 음악처럼〉. 비가 추적추적 내리는 날이면 유독 생각나는 노래다. 탑골 스타일 노래들이 요즘 인기이니 많이들 알 거다.

비를 혼자 맞는 모습은 언제나 청승맞다. 특히 바람이라도 불면 한 방울이라도 더 내게 불어올까 봐 우산을 바람 쪽으로 숙이는데, 각도가 틀어지면 우산이 홀라당 뒤집히기도 한다. 그냥 그대로 비 맞은 생쥐 꼴이 되어버린다. 하루 종일 찝찝한 그 기분이 정말 싫다.

하지만 사랑을 하고 있는 중이라면 어떨까. 둘이 각자 우산을 들어도 될 것인데 하나만 들려고 서로 눈치 싸움을 한다. 그것도 둘 중 더 작은 사이즈의 우산으로. 그렇게 밀착하고는 최대한 안 그런 척하며 서로의 감정을 우산을 사이에 두고 교환한다. 혹시나 상대가 비에 젖을까 봐 나도 모르게 내 쪽으로 넘어오는 우산을 더 상대 쪽으로 밀어낸다. 이미 나는 비 맞은 생쥐 꼴을 넘어 수중전을 치르고 있는데 말이다. 그러면서도 입가에는 끝없이 미소가 번진다.

그렇다. 사랑하니까, 혹시라도 나의 배려가 부족하여 사랑하는 마음까지 부족해질까 봐 안절부절못하며 우산을 나눠 쓰는 것이다. 나는 1/5만큼만 쓰다가 비 맞은 생쥐 꼴이 되어도 상관없다.

이처럼 똑같은 상황을 어떻게 받아들이느냐에 따라 내용이 완전히 달라진다. 바로 이에 대한 이야기를 해보고자 한다. 우리나라 교육은 결론에 이르는 과정보다 단 하나의 정답을 도출하는 데 익숙하게 만들다 보니 실패나 실수를 인정하려 들지 않는다. 아니, 굳이 필요 없다고 생각하는 편이 맞겠다.

가령 '1+1=2'를 설명할 때 '왜'에 대한 고민은 없다. '2'라는 정답이 있으니 그냥 외우면 그만이다. 하지만 이를 조금 더 다양한 관점으로 접근하면 이해의 폭이 넓어질 것이고 기억에 대한 잔상도 짙어질 것이다.

다시 예를 들면 이런 것이다. 사과 하나를 들고 또 다른 하나의 사과를 보여주면서 둘을 합치면 일반적으로 '2'라는 답이 도출된다. 하지만 다르게 생각해볼 수도 있다. 엄마와 아빠는 각각 한 명씩 둘인데 왜 둘 사이에 '나'라고 하는 또 다른 '1'이 탄생했는지에 대해 이야기를 나누어볼 수도 있다는 것이다. 이는 생각 이상으로 사회학적이며 문화인류학적인 접근 방식이다.

찰흙을 생각해보면 또 다른 결과물이 나온다. 찰흙 한 덩어리와 다른 한 덩어리를 합치면 다시 한 덩어리가 되기 때문에 '1+1=1'이 되는 것이다. 틀렸다고?

이 문제만 놓고도 인문학적 사고를 바탕으로 다양하고 깊이 있는 이야기를 누군가와 주고받을 수 있다. 다르게 사고한다고 해서 반드시 틀렸다고 확신할 수 있을까. 인류가 오늘날까지 오는 데 크게 공헌한 천재들의 사고방식은 이처럼 다르면서도 특별했다.

사실 아인슈타인 이전에 상대성이론에 거의 근접했던 여러 과학자들이 이미 존재했었다. 그들의 연구 방식은 아인슈타인의 그것과 크게 다르지 않았다. 하지만 그들은 결정적으로 마지막 결과물을 도출해내지 못해 좌절했던 것이다. 아인슈타인은 달랐다. 다르게 점검해봐서 아니라고 생각하는 것을 주저 없이 무너뜨리고 곧바로 새롭게 착수했던 것이다. 평범하고도 단순한 현상에 대해 아이처럼 감탄하는 순수함마저 지니고 있었다. 이것이 바로 아인슈타인의 힘이었다.

레오나르도 다빈치는 어떨까. 메모의 신이라고 알려져 있는 그는 하나의 대상을 다각도로 고민하고 표현했다. 옳고 그름을 떠나 다양하게 고민하고 정리함으로써 자신만의 이론을 정립할 수 있었던 것이다. 머리 위로 떨어진 사과에 영감을 얻어 만유인력의 법칙을 발견한 뉴턴이나 벌거벗은 채 '유레카'를 외친 아르키메데스도 다르지 않았다.

지금 여기서 이렇게 말하는 이유는 한 가지다. 주위의 판단과 잣대에 조금은 더 의연해지고 무관심해져서 자신만의 색깔과 향기가 나는 사람으로 살았으면 하는 바람이 있어서다. 매력이 있는 사람으로 살았으면 하는 소망이 있어서 이렇게 외치는 것이다. 내가 옳다고 생각하는 것을 조금 더 밀고 나갔으면 하는, 그럴 수 있는 원동력을 발견했으면 하는 기대가 있기 때문이다.

한창 직장생활을 할 때 이런 말을 듣곤 했다.

"보통 다 이렇게 하고 이게 맞는데 왜 굳이 그렇게 해서 힘들게 하는 거죠?"

"남들 하는 대로 하면 되는 거지 왜 굳이 그렇게 해야 하나요?"

나는 이런 말들이 싫었다. 충분히 다르게 생각하고 접근할 수 있는 거 아냐? 그래서 어느 순간 깨달았다.

'난 내가 가지고 있는 것들을 나답게 표현하는 사람이 되어야지.'

회사에 '굿 바이'를 당당하게 외친 이유는 바로 그 때문이었다. 나는 하고 싶은 말이 이렇게나 많고 그것도 전부 다른데 회사에 아무리 외쳐도 공허한 메아리로 허공을 떠돌 뿐이기 때문이었다. 물론 'one of them'으로 사는 것이 편할 수 있다. 하지만 나답게 살았을 때 느끼게 되는 짜릿한 쾌감은 이루 말할 수 없다. 이 세상에 태어난 이유가 따로 있는 것처럼 느껴지기 때문이다.

물론 어떻게 살겠다고 결정을 내릴 때는 분명 그에 따르는 대가가 있기 마련이다. 평범하고 천편일률적인 삶을 선택해도 마찬가지다. 세상에서 제일 가기 싫은 곳이라고 투덜거리면서도 결국 가야만 하는 그곳. 세상에서 제일 만나기 싫은 사람이 있다고 역시나 저주 아닌 저주를 퍼붓지만 그래도 가서 만나야 하는 그곳. 세상에서 제일 하기 싫은 일 투성이라며 도살장에 끌려가는 소마냥 괴로움만 쌓이는 그곳, 바로 회사.

정말 힘들고 어렵겠지만 누구에게라도 솔직하게 털어놓자. 결국 스스로가 내린 결정이라고. 그것 또한 자신만의 아픈 용기이자 현실에 대한 믿음이라고. 하지만 그런 내가 싫다면 스스로를 다시 한번 믿어보자. 용기를 조금만 더 내보자. 지금 당장 모든 것을 때려치우라는 것이 아니다. 나다운 나를 찾아가는 방법이 그 안에서도 충분히 있다는 것을 상기시켜주고 싶을 뿐이다. 그걸 깨닫자는 것이다.

조금만 다르게, 나답게 생각의 길을 만들어 터벅터벅 그 위를 걸어 나가보자. 이는 오늘을 풍성하게 만드는 밑거름이자 내일을, 모레를, 더불어 미래를 바꿔나가는 밀알이 될 수 있다. 충분히 숨을 들이쉬고 내쉬면서 살아 있음에 감탄하는 매순간을 만나보자고 은근슬쩍 권하고 싶다. 작지만 알차게 쌓아가는 '다름'을 통해 만나는 진정 오늘 같은 오늘 말이다.

지금이라도 당장 '나만의 사고방식'을 찾아내라고 부추기고 싶다. 나는 정답이 있다고 결정을 내려주고 싶지 않다. 물론 결정 내려줄 수도 없다. 다만 물고기를 잡아주는 것이 아니라 물고기 잡는 법을 알려주려는 것이다.

솔직히 서른을 지나 마흔에 접어들기 시작하면 점점 현실과 타협하게 되어 나를 위한 결정을 내리기가 더 어려워지는 게 사실이다. 그러니 지금 당장, 나다운 내 모습을 차곡차곡 다져나가야 한다.

어제는 보슬비가 내렸다. 우산을 챙겨 외출했는데 추적추적 내리는 비를 맞고 있었다. 이 정도 비를 맞고 있으면 기분이 상쾌해진다. 빗방울 때문에 눈을 살짝 찡그리는데 그 기분이 참 좋다. 그 감성을 온몸 구석구석으로 기억한 뒤 언젠가 기회가 되면 글로 녹여내고 싶다. 단지 한 문장이 되어도 좋다. 건너편에서 터덜터덜 걸어오는 사람도 우산을 쓰지 않았다. 손에는 우산이 들려 있었다. 그 사람은 왜 우산을 쓰지 않고 걸었던 것일까.

세상을 바라보는 시선을 조금만 다르게 했을 뿐인데 다양한 궁금증들이 피어나기 시작한다. 오늘도 분명 하루가 재미있을 것이다. 충분히 그렇다고 믿는다.

주위의 판단과 잣대에 조금은 더 의연해지고 무관심해져서 자신만의 색깔과 향기가 나는 사람으로 살았으면 하는 바람!

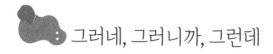

그러네, 그러니까, 그런데

#1. 그러네, 그땐 그랬지

"따르릉." 한창 TV 화면 너머에서 키득거리는 방청객의 목소리에 전염이라도 된 듯 나도 따라 웃고 있었는데 전화벨 소리 때문에 그 유쾌함의 맥이 순식간에 끊어졌다. 우리 집에는 TV가 거실에 자리하고 있어서 안방까지 건너가기가 쉽지 않다. 웃음 리듬이 깨질 것만 같았다. "따르릉." 또 울린다. 소리가 어찌나 우렁찬지. 온 동네 사람들이 우리 집에 전화 온 것을 다 알 것만 같았다.

주섬주섬 거실 바닥에서 일어나고 있었지만, 시선은 여전히 TV 화면에 고정되어 있었다. 고개가 돌아가는 중에도 시선은 그대로였다. 방문을 넘지 못하고 TV를 곁눈질로 겨우 보는 둥 마는 둥 하면서 얼른 전화기로 달려갔다. 문턱에 왼발이 걸려서 넘어질 뻔했지만 전화부터 받아야 했다. "여보세요. 누구니. 아들이니. 엄마 곧 도착하니까. 대문 벨 누르면 짐 좀 받아줘. 알겠지?" "네(키득키득)." "엄마 말 듣고 있니? 뭐 하는데 실실 웃고 그러는 거야?" "네, 알았어요."

#2. 그러니까, 빨리 좀 받으란 말이야

"드르륵." 외근 중에 전화가 울리면 정신이 하나도 없다. 바지 주머니에 넣었던가? 가방 안에 넣었던가? 오늘은 백팩을 메고 왔으니 가방 벗으려면 더 귀찮은데, 어휴 도대체 어디에 넣어둔 거야? 이런, 재킷 안주머니에 넣어뒀네. 어찌나 드르륵거리는지 온몸으로 진동이 느껴질 텐데도 도무지 어디서 시작되는 진동인지! 영 감을 잡지 못하는 걸 보니 역시나 지금은 외근 중이라는 사실이 더욱 또렷하게 다가온다.

반으로 접혀 있는 휴대폰 화면을 열고서 통화 버튼을 누르기까지 여러 번 떨어뜨릴 뻔한다. 한 손에는 서류꾸러미가 들려 있어서 다른 한 손으로 힘겹게 열려고 하는데 어찌나 뻑뻑하기만 한지. 자물쇠를 걸어 잠근 것만 같다. 그나마 다행인 것은 휴대폰이 손에서 미끄러져 하늘로 날았다가 바닥에 '쿵' 하고 떨어지지 않은 것이다.

평소 최 과장의 목소리는 지나가는 사람들이 다 들을 수 있을 만큼 크다. 한 손으로 살짝 가려야 하는데 손에 뭔가를 들고 있으니 이거 참 난감하다. 다행히 전화는 길지 않았다. 잠시 후 또 전화가 울린다. "드르륵." 이번에는 거래처 담당자다. "언제 오시나요? 시간이 거의 다 된 거 같아서요." 휴대폰 화면을 보고는 약속시간이 거의 다 되어간다는 것을 겨우 깨달았다. "5분 후 도착입니다. 조금만 기다리시면 금방입니다." 숨을 헐떡거리며 급하게 달려가고 있다는 느낌이 들었는지 전화는 금방 끊어졌다. 또 전화가 진동소리를 뿜어낸다. "드르륵." "드르륵." "드르륵." 노이로제 걸릴 것만 같다.

#3. 그런데…

간만에 친구들끼리 카페에서 만나기로 했다. 먼저 도착

한 사람들 스마트폰이 "띠링" 하고 울린다. 화면을 열어 보니 "나 5분 늦을 거 같아, 미안. 먼저 차 마시고 있어." 잠시 후 또 울린다. "띠링." "차가 생각보다 막히네. 10분만…."

먼저 도착한 사람은 두 명이다. 도착하고 둘은 처음에 "어, 왔어?" 말한 후 계속 스마트폰만 바라보고 있다. 대화가 없다. 단체 메시지 방에서 문자만 주고받고 있다. 바로 앞에 앉아 있는데 대화는 스마트폰으로 하고 있다. 그렇게 계속 대화가 없다. 그런데 음료는 언제 주문하려나. 둘 중 누구도 먼저 묻지 않는다. 스마트폰에만 고개를 숙인 뒤 그 화면만 바라본다. 나머지 둘도 곧 도착한다고 하는데, 넷이서 계속 이렇게 대화를 주고받고 있다.

전화는 진화하고 있는 것일까, 퇴화하고 있는 것일까? 말하는 것이 굳이 의미가 없어지는 것일까? 하지 않다 보면 하는 게 두려워져 사라지는 것은 아닐까? 그래도 그나마 나는 누군가와 대화를 하려고 스마트폰을 사용하는데, 언젠가는 무용지물이 되어버리는 것일까?

사람들은 늘 외롭다고 하는데 늘 외롭게 살 수밖에 없는 것 같다. 혼자가 편한데 혼자 있는 것은 싫다고 한다. 이제 는 전 세계를 뒤덮은 바이러스로 인해 더욱 더 반강제적인 외로움 속에서 살아야만 할 것 같다.

세상에서 가장 바쁘고 정신없는 도시 중 하나인 뉴욕. 세계의 수도라는 자부심으로 똘똘 뭉쳐 있는 뉴요커들. 하지만 1년에 단 한 번도 자신에게 전화가 오지 않는다고 말한 사람이 1만 명이 넘는다고 한다.

더 많이 대화하기 위해 태어난 전화는 더 적게 말하는 데 사용되고 있다. 이처럼 세상은 아이러니의 연속이다.

낭만浪漫, 즉 로망roman. 이는 중세 프랑스어 'romanz'에서 유래했다. 12~13세기 연애담이나 무용담 등 통속소설을 의미했다. 17세기에는 공상적, 모험적, 전기적傳奇的이라는 뜻으로도 사용되었다. 현대에는 꿈이나 공상 세계를 동경하고 감상적인 정서를 중시하는 태도를 의미하기도 한다.

이처럼 단어의 정의나 학문적 가르침을 떠나 '낭만'은 지금의 내게 듣기만 해도 설레는 단어다. '라떼는' 말이야, 요즘처럼 문화적 다양성과 학문의 꽃봉오리가 폭발할 듯 터지는 시기가 아니었다. 새롭게 알려진 이야기나 인물에 대해 귀를 쫑긋 세워 듣거나 눈을 부릅뜨고 바라보았다. 그러다 보니 작은 것들 하나하나가 소중하고 감동이었다. 뭘 해도

"꺄악" 탄성이 터져 나오던 시기였다. 그것이야 말로 우리를 위한 낭만이자, 낭만가객 최백호의 노래 〈낭만에 대하여〉가 최고인, 낭만이었던 것이다.

대학 시절, 날씨가 좋다는 이유만으로 교수님을 부추겨 초록빛깔 넘실거리는 언덕 너머 잔디밭에 둥글게 앉아 언제 사왔는지 알 수 없는 막걸리와 과자를 푸짐하게 펼쳐놓고 인생을 논한다는 둥 세상을 바꿀 거라는 둥 지금 들어보면 말도 안 되는 이야기만 꺼내던 때가 있었다. 이런 기억도 떠오른다. 사회적 열풍을 타고 여기저기 쉼 없이 생기던 노래방. 한 시간 예약을 하고서 열심히 노래를 부르다가 마지막 1분을 남겨놓고는 그 1분이 아까워 누구 하나 말하지 않았는데 부르고 있던 노래를 끄고서 015B의 〈이젠 안녕〉이나 푸른하늘의 〈마지막 그 아쉬움은 기나긴 시간 속에 묻어둔 채〉를 마이크 돌려가며 소위 '떼창' 했던 추억이 스멀스멀 떠오른다.

사랑을 할 때도 주저주저하고 미적거리는 것이 미덕이던 시대였다. 그러는 와중에 'X세대'가 탄생했고 당당한 모습을 보이자는 열풍이 불었지만 그래도 사랑은 오래 참고 온유해야 한다고 생각했다. 서로 깍지 끼는 것도 쉽지 않았다.

요즘 밀레니얼 세대에게는 참으로 답답하고 숨이 턱 막히는 모습일지 모른다. 낭만이라는 단어 자체가 구닥다리 같고 너무 '올드' 하게 다가올 수도 있다. 충분히 이해 가능하다.

"취업 준비하느라 얼마나 바쁜데 강의 시간에 딴짓을 할 수 있단 말이야?"

"혼자 코노(코인노래방) 가서 조용히 몇 곡 부르고 스트레스 풀면 되지. 그리고 다 같이 마이크 돌려가며 부르다니, 헐."

"만나고 싶으면 만나고 헤어질 땐 '쿨' 하게 SNS로 하는 게 낫지 않나?"

각자의 테두리 안에서 살아온 세대마다 서로 이해하기 힘든 단절이 있다. 그래서 곰곰이 생각해보았다. 혹시 이런 모습이 그들에게는 낭만이 아닐까. 소위 '밀레니얼 낭만' 말이다. 아날로그적인 낭만이 아니라 디지털화 되고, 4차 산업혁명 느낌이 물씬 풍겨나지만 이는 그들만의 디지털 낭만이자 밀레니얼 낭만 아닌지. 그것 자체가 지금의 청춘에게는 '쿨' 하고 '엣지' 넘치는 모습일 테니.

드라마 〈응답하라〉 시리즈를 보면서 궁금한 점이 하나둘이 아니었다. 재미와 감동을 넘어 당연히 그 드라마는 30, 40대 이상이 주로 시청할 거라고 생각했다. 하지만 아니었다. 비록 소재는 부모님이나 삼촌, 이모 이야기이지만, 드라마 출연 배우들이 요즘 '핫' 한 배우들 아니었나. 우리 때 표현이라면 '하이틴스타', '청춘스타'였다. 말 그대로 요즘 세대들이 좋아하는 '컬래버레이션'이자 '하이브리드'였던 것이다. 그들이 좋아하는 배우들을 통해 새로운 것을 받아들이고 그들만의 방식으로 그들의 이야기를 재해석해 풀어나갔던 것이다.

LP와 카세트테이프가 다시 유행하고 손 글씨 열풍이 부는 것이 40대만의 노력일까. 아니다, 절대 아니다. 그래서 나는 이런 흐름이 좋다. 억지로 주입하는 것이 아니라 자연스럽게 받아들일 수 있으니 말이다. '따로'가 아니라 '함께' 하고 있으니….

많은 어른들이 젊은 세대를 걱정하곤 한다. '요즘 애들은 말이야…' 이런 표현은 이제 새롭지도 않다. 내가 어릴 때도 어른들은 늘 그런 말만 했으니까. 세대가 흐르며 자연스럽게 입에서 입으로 전해지는 구전동요처럼 느껴질 정도다.

그때도 참 듣기 싫었는데 요즘이라고 듣기 좋을까. 그냥 그러려니 존중해주고 이해해주면 그만인 것을….

그 어른들도 어릴 적 그런 말을 숱하게 들어왔을 것이다. 드라마긴 하지만 사극 속 조선시대 어른들 역시 다르지 않았다. 그러니 그 자체로 바라봐주는 것만이 정답이 아닐까 싶다. 조언을 해준답시고 굳이 온갖 자료들을 찾아 분석하고 정리할 필요도 없다. 그들에게 물어보지도 않고 오직 '나'의 관점에서 생각한 자료는 고집이자 아집, 불통이자 단절일 뿐이다.

가끔 이런 생각도 들곤 한다. 20대의 낭만은 과연 무엇일까. TV를 통해, 신문을 살펴보며, 책을 읽으며 많이 이해하고 받아들이고 있다고 생각하는데 과연 그들만의 진짜 낭만은 무엇일까 궁금하다. 아니 낭만이라는 단어가 무엇인지는 알지도 의문스럽다. 만약 낭만이라는 단어를 사용하지 않는다면 도대체 무엇이라고 부르는 걸까.

꼭 외계인을 궁금해하는 지구인 같지만 겉모습밖에 알길이 없으니 그렇다. 함께 생활하고 호흡하며 웃고 떠들고 싸우기도 하면서 울타리 안에 들어가야 알 수 있을 텐데 말이다. 그렇다면 나와 함께 허심탄회하게 놀아줄 20대 친구는 어디 없을까. 나이가 들면 입은 닫고 귀는 열며 지갑도 열어야 한다고 했지만 이것도 '나만의 방식'으로 그들을 만나고 싶어 하는 오지랖이자 실수겠지.

더치페이, 혼밥, 독립성, 이런 것들은 나도 누리고 있어 차별점이 있어 보이진 않는데… 혹시 줄임말, 게임, 카톡 대화, 이런 것들을 이해하고 받아들여야 하나. 아, 이런 문화는 정말 힘들고 어려운데. 도저히 내 체질이 아닌데. 그래, 그냥 그들은 그들의 문화를 즐기고 나는 나의 문화를 즐기는 것이 낫겠다는 생각, 그 생각이 정답인 듯싶다.

그리고 그들을 알고 싶다면 나의 생각을 적절히 내어주며 함께 컬래버레이션 하는 방법이 옳지 않을까. 밀레니얼 낭만이 궁금하다고 해서 내가 온전히 즐길 수 있는 것도 아닐 테니 말이다. 분명 어딘가에서 턱턱 막힐 테니까.

그런데 그들도 시간이 지나면 이렇게 고민할 것이다.

"'라떼는' 말이야, 이렇게 놀았고 이렇게 생각했는데 말이야. 요즘 것들은…"

애들아, 너네도 분명 이럴 때가 온다. 끝도 없이 이어지는 구전동요 같은 것이라서 사라지지도 않는다. 그냥 그러려니 이해하고 받아들이기만 해도 잘하는 것이더라. 지금의 내가 그러려고 애쓰고 있는 것처럼 말이다. 아, 그런데 나는 도대체 무엇을 위해 그들이 알고 싶어 이리도 애쓰는 것일까.

그래, 그냥 그들은 그들의 문화를 즐기고 나는 나의 문화를 즐기는 것이 낫겠다는 생각, 그 생각이 정답인 듯싶다.

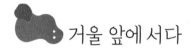 거울 앞에 서다

10만 명. 5년 전에 비해 두 배로 늘어난 숫자. 뭔가 싶어 신문기사를 계속 읽어보니 20대 우울증 환자의 숫자였다. 이렇게나 많았던가. 원래 50대 우울증이 가장 많다고 알고 있었는데 이제는 그 숫자가 역전되기 시작했다고 한다.

이 기사를 보면서 20대에게 단순히 "우울증 그거 별거 아냐"라거나 "마음만 밝게 먹으면 이겨낼 수 있어"라며 의미 없는 말들을 휙휙 던질 어른들의 모습이 떠올랐다. 혹시나 나도 모르게 그런 말을 너무 쉽게 해버린 적이 있지는 않은지 다시금 살펴보게 된다.

주위에 꼭 20대가 아니더라도 우울증으로 고생하는 분들이 많았다. 그분들이 마음의 병으로 아파하고 괴로워할 때

공통적으로 하던 말이 있었다.

"힘내라는 말이 참으로 공허하게 들렸어요. 우리나라 사람들은 우울증을 정신이상으로 치부하고는 슬슬 피하곤 하지요. 그게 사실 더 힘들고 괴로워요. 그렇게 하면서 힘내라니요."

충분히 일리가 있고 이해가 가는 말이었다.

인터넷에서 여러 게시판들을 둘러보다보면 20대 우울증 이야기도 참 많다.

"공부만 하다가 대학에 들어갔는데 도무지 뭘 어떻게 해야 할지 모르겠어요. 친구들도 주도적으로 뭘 해야 할지 몰라서 아직까지 서로가 낯설기만 해요. 삶이 어떻게 될지 전혀 감을 못 잡겠어요."

"취업 때문에 미치겠어요. 너무 우울해질 뿐이네요."

"우리 집은 왜 이렇게 불행하기만 할까요."

이러한 글을 보다가 댓글을 보면 더욱 마음이 아프다.

"여기는 '운동'을 이야기하는 곳인데 이렇게나 아파하는 사람들이 많다는 것에 너무 놀라울 따름입니다."

"저와 비슷하네요. 저도 어떻게 해야 할지 몰라 매일 극단적인 생각만 하는데 저 스스로가 이제는 무섭네요."

그런데 이제는 우울증만이 문제가 아니다. 공황장애, 강박증, 조현병에 이르기까지 마음의 병으로 괴로워하는 사람들이 늘어나고 있다. 그것도 가장 밝고 건강하게 삶을 이끌어가야 하는 20대에서 더욱 악화되고 있다고 한다.

나 역시 입시 스트레스로 인해 우울증과 강박증의 고통을 그대로 느껴본 경험이 있다. 그중 강박증의 경우는 여전히 뫼비우스의 띠처럼 벗어나지 못하고 있다. 그런 아픔을 안고 사는 것이 그리 힘들 줄은 몰랐다. 앞으로 나아가야 하는데, 자꾸 돌부리에 걸려 넘어지는데 제자리에 멈추어 있는 것이 아니라 뒤로 자꾸 밀려나는 기분. 누군가 자꾸 끌어당기는 느낌. 그래서 더욱 괴로웠다. 삶에서 뒤처질 것만 같은 불안감이 넘쳐나기 시작했고, 주저앉고 나면 두 번 다시 일어서지 못할 것만 같았다.

그래서 병원을 찾은 적이 있다. 가족도 나의 괴로움을 충분히 알고 있었기 때문에 이해해주었다. 하지만 병원에 간다는 것 자체는 두려움이었다. 당시에는 마음의 병으로 병원을 찾으면 나도 모르는 사이에 나는 '미친 사람'이 되어 있었다. 그런 두려움과 편견을 함께 품고 찾아야 했던 것이다. 그런데 내가 찾은 병원은 나의 마음의 병에는 별로 관심이 없어 보였다. 너무나도 성의 없는 상담에 실망하고 말았다. 다음 환자를 빨리 받기 위해 나와의 상담은 1분 정도 했던가. 그러다 보니 결국 병원에서는 치료받을 수 없구나, 라며 속단하고서 계속 아파하고 힘들어하고 괴로워하며 살아왔을 뿐이다.

나 역시 내 삶이 사치라고 느껴져 극단적인 선택을 시도했던 적이 있다. 학교 화장실이었던가, 회사 화장실이었던가 정확한 장소는 기억나지 않지만 화장실 문을 잠그고서 바닥에 주저앉아 펑펑 울다가 왼팔 손목을 뚫어져라 쳐다봤던 그 찰나. 내 안의 거대한 악마는 계속 집요하게 종용하고 있었는데 끝내 그걸 해낼 용기가 나지 않았음에 지금은 더없이 감사한다. '그래, 이런 걸 시도할 정도로 용기가 있다면 이런 걸 하지 않을 용기도 있어야 하지 않을까.' 결국 나는 그으려고 했던 왼팔로 눈물을 훔치며 세면대로 다가갔다.

그러고는 거울을 바라보았다. 세상에 태어난 이유가 분명히 있을 '내'가 거울 앞에 눈물로 범벅이 된 채 서 있는 것이었다. 그날의 실패가 지금의 나를 만든 시작이 아니었을까 하는 생각을 종종 해본다. 실패가 이렇게 고마울 때가 있는 것이다.

내 삶이 사치라고 느껴졌던 순간이 서서히 변하고 있었다. '나는 소중한 사람이다.' 무작정 이런 마음이 든 것은 아니었다. 손을 뻗어줄 누군가를 찾으면서, 도움을 요청하면서 나를 다져나가고 있었던 것이다. 두 손을 꼭 잡아줄 누군가가 옆에 있다는 것만으로도 나는 참으로 행복한 사람입니다, 라고 외칠 수 있었다.

나는 의외로 내 주위에 그렇게 행복을 건네줄 사람이 많다는 것에 크게 감동했다. 상대의 입장에서는 참으로 별것 아닌, 어둡고도 우울한 이야기일 테지만 이런 이야기를 경청해주는 것만으로도 아픔이 가장자리부터 바스락거리며 떨어져나간다는 확신이 들었다. 콜록콜록 감기를 한 번에 낫게 하는 백신은 아닐지라도 나는 치유 받는 느낌을 충분히 안고서 하루하루를 잘 이겨내고 버텨가고 있었던 것이다.

그러다 문득 이런 생각이 들었다. '그날 왜 그런 무서운 생각을 했던 것일까.' 그런 후회가 몰아쳤던 것이다. 그렇게 나의 고통과 아픔과 두려움은 전체는 아니어도 한 뭉텅이씩 사라져가고 있었다.

누구나 마음의 병으로 아플 수 있다. 실제로 많은 사람들이 티를 내지 않거나 자신도 모르는 가면우울증을 겪으며 아파하고 있다. 이때 심각한 것은 아프다고 하여 마음의 문을 열쇠로 꽉 걸어 잠그고 거기서 나오지 않으려고 하는 행동이다. 절대 그러지 말아야 한다. 마지막 힘을 다 쥐어짜내 도움을 요청해야 한다.

가족에게 알리고, 친구에게 알려서 전문가의 도움을 받아야 한다. 작지만 소중한 한마디에 내가 이 세상에 태어난 이유를 알게 될 것이기 때문이다. 그 밀알 같은 한마디가 나를 일으켜 세울 수 있기 때문이다. 그러니 꼭 자신의 아픔을 알려야 한다. 버티고 일어설 수 있는 마지막 용기가 우리에게는 존재한다.

'청춘'은 말 그대로 '푸른 봄'을 의미한다. 하지만 요즘 세상에서는 푸른 봄을 만나기 힘들다. 미세먼지로 뒤덮여버린 봄이고, 봄의 길이마저 줄어들고 있다. 딱 지금 청춘의 처지를 말해주는 것만 같다. 병들고 아픈 황사 빛깔 봄이 되어버린 것이다. 그 모습을 지켜봐야 하는 내 마음도 아프다.

꼭 자신의 아픔을 알려야 한다. 버리고 일어설 수 있는 마지막 용기가 우리에게는 존재한다.

외로워, 외로워, 외로워

외로울 때마다 들여다보는 시가 있다. 정호승 시인의 〈수선화에게〉. 특히 '살아간다는 것은 외로움을 견디는 일'이라는 시구는 강력한 진공청소기처럼 막혀 있던 부분을 뻥 뚫어준다. 하지만 이 시를 읽을 때마다 외로움이 더 쌓여가는 기분도 든다. 수십 억 사람들로 둘러싸여서 복작복작 정신없는 세상에 우리는 살고 있는데 왜 외로움은 더 늘어가고, 깊어가고, 넓어지는 것일까.

국어사전은 '외로움'을 이렇게 정의한다. '홀로 되어 쓸쓸한 마음이나 느낌.' 그런데 분명 그 홀로 되었다는 것이 신체적 거리감만을 이야기하는 것은 아니리라. 현대사회를 부유하는 많은 사람들은 '그대가 곁에 있어도 나는 외롭다'며 술하게 말한다. 낯선 환경에 남겨져 그 상황에 적응해야 할 때, 사랑하는 사람과 헤어져 혼자가 되었을 때 외로움을 느낀다고 보통 알려져 있지만 그것만이 아닌 것이다.

내성적인 사람들은 타인과 어울리기보다 홀로 있는 편이 낫다고 한다. 하지만 그런 중에도 외로움을 이야기하고 고독을 털어놓는다. 심지어 사회적으로 소외감을 느끼고, 주위 사람들에게서 멀어졌다고 느꼈을 때 뇌는 통증을 느낀다고 한다.

미국 시카고대 신경과학자 존 카치오포 교수는 인간은 외로움을 느끼도록 진화했으며 외로움을 느끼기 때문에 인간이 서로 협력하고 다른 사람을 만나게 된다고 주장했다. 프랑스 사회학자 에밀 뒤르켐은 외로움을 특별히 다른 사람을 위해 살지 못하는 무능력 혹은 싫어함으로 봤다.

20세기 전반에 합리주의와 실증주의 사상에 대한 반동으로 독일과 프랑스를 중심으로 일어난 철학 사상인 실존주의. 이 실존주의 학파는 외로움을 인간이 되어가는 본질로 분석한다. 인간의 상태를 근본적으로 외로운 존재라고 이해하는 것이다. 우리는 모두 이 세상에 홀로 당도하여 분리된 인격으로서 홀로 생을 여행하다가 결국 홀로 죽음을 맞이한다는 것이다.

실존주의 학자이자 작가 사르트르는 의미 있는 삶을 갈
망하는 의식과 우주에서의 고립과 무가치함 사이의 모순이
인간 조건의 근본적인 요소라는 관점에서 인식론적 외로움
을 주장했다. 인간은 타인과 우주와 연결되어 활동하고 소
통하고 창조하는데 이런 과정이 끊긴 기분을 외로움이라고
본 것이다.

외로움의 근본적인 이유에 대해서 찾다보니 철학에까지
이르게 되었다. 살짝 머리가 아프다는 뜻이다. 앞에서 외로
움을 느낄 때 뇌가 통증을 느낀다고 말했는데 외로움에 대
한 이유를 찾다보니 그 통증이 배가되는 느낌이다.

이토록 철학자들은 외로움의 이유에 대해 고민하고 어떻
게든 결론을 내고 싶어 했다. 하지만 분명 명확한 결론이 나
지는 않을 것이다. 더불어 그것 자체를 창의성을 발현해내
기 위한 수단으로 이용하고자 했던 이들도 많았다. 괴테 또
한 '영감이란 외로울 때만 가능한 것이다'라고 말했으니까.

그러고 보니 나 역시 20대 시절엔 외로움에 몸부림치며
많이도 고통스러워했다. 당연히 사랑을 해야 한다는 강박감
에 먹이를 찾아 떠나는 외로운 한 마리 하이에나처럼 사방

을 어슬렁거렸던 것이다. 급하게 마주친 사랑은 금방 스쳐 지나갈 뿐이었다. 외롭다는 절규는 끝도 없이 이어졌다. 그러다가 하이에나 본능이 다시금 튀어나왔고, 역시나 사랑은 스쳐 지나갔다. 어린 나이라는 이유로 너무 쉽게 사랑하는 거 아니냐고 누군가 지적을 했지만 내 사랑은 누구보다 진지했고 어느 사랑보다 아름다웠다. 그랬기 때문에 사랑의 아픔은 더욱 컸고, 외로움은 더없이 짙어져만 갔다. 앞선 사랑을 잊으려면 사랑했던 시간의 두 배만큼의 시간이 필요했다.

외로움은 사랑에서만 솟아오른 것은 아니었다. 나 자신을 찾아가는 과정에서도 어김없이 터져 나왔다. '라떼는' 말이야, IMF 구제금융이라는 거대한 파고가 닥쳐왔다. 이 시기를 이야기할 때마다 내가 나이가 많이 들어버린 꼰대 같다는 생각에 사로잡힌다. 그래서 늘 조심스럽다. 졸업을 하기가 두려웠고, 아니 학교를 다닌다는 것 자체가 공포였다. 선배들은 언제나 후배들을 챙기고 밥도 잘 사주고 그럴 줄만 알았는데, 밥을 사주는 선배들은 사라져버렸다. 다들 자기 몸 하나 건사하기에 바빠졌기 때문이다. 졸업만 하면 취업했던 시절이 있었지만, 먼 나라 이웃 나라 이야기가 되어버렸다.

당시가 아마 캠퍼스에서 외로움을 느끼게 된 첫 세대가 아니었나 싶다. 누군가와 같이 다니는 것 자체가 부담으로 다가왔다. 더치페이라는 문화가 생기기 시작했지만 익숙하지 않았기 때문에 아예 같이 다니지 않으려고 했다. 그동안 꿈꾸어왔던 대학 시절의 낭만은 다른 모습으로 변화하고 있었고 그 낭만을 우리 스스로 만들어나가야 했다.

그렇게 홀로 외로움을 삭혀나가며 그것에 익숙해져야만 했다. 어떻게 해야 할지 몰라 우왕좌왕하던 친구들은 그렇게 학교를 떠났고, 최악의 상황에서는 삶을 떠나기도 했다. 죽을 만큼의 외로움은 그때부터 쌓여가기 시작했던 것이다. 그렇게 외로움이 쌓이고 쌓여 여기까지 온 것 아니겠는가.

어느 날 버스정류장에서 버스를 기다렸다. 버스가 자주 들고나는 정류장은 아니었지만 그래도 어렵지 않게 탈 수 있는 곳이었다. 그런데 그날은 유독 버스가 오지 않았다. '사고가 났나.' 이상하게 곁에 사람들도 모이지 않았다. 시골 버스정류장에서, 30분에 한 대 겨우 오는, 그것도 배차시간이 늘 일정하지 않은 그런 버스를 기다리는 기분이었다.

그리운 누군가를 애타게 기다리는 것처럼 저 멀리 버스

가 오는 방향만 하염없이 바라보고 있었다. 그냥 때가 되면 오겠지 하는 마음이 들기 시작한 건 아무 일 없다는 듯이 고요한 주변 때문이었다. 책을 읽을까 하다가 지금은 아날로그 박물관에서나 만날 수 있는 CD플레이어를 꺼냈다. 좋아하는 팝 음악을 들었던 것 같다. 팝 발라드 모음집이었던가.

음악이 흐르고, 가끔씩 지나가는 사람들이 간헐적으로 눈에 들어왔다. 그들은 내 귀를 마시멜로처럼 녹여버리는 노래의 멜로디에 맞추어 리듬을 타듯 걷고 있었다. 영화의 한 프레임에 들어왔다가 사라지기를 반복하고 있었다.

텅 빈 버스정류장에 꽤 오랫동안 서 있었다. 다시금 버스가 와야 할 방향으로 고개를 쭉 내밀고서 두리번거렸다. '사고가 났나.' 또 생각했다. 음악과 함께 나만의 시간을 다시 만들어가기 시작했다.

그랬다. 우리 삶과 같다는 느낌이 들었다. 예상치 못한 상황, 그리고 홀로 남겨진 순간, 그때 어김없이 찾아오는 외로움. 그 외로움을 이겨내고자 뭔가 방법을 찾아야 했던 나. 혹시 그런 것이 아닐까. 우리는 외로움이 두려운 것이 아니라 그 외로움을 나눠야 하는 누군가와의 거리가 가까워지는 것이 두려운 것일지도.

텅 빈 것까지는 아니어도 북적이지 않는 버스정류장을 볼 때마다 그때가 생각난다. 외로움을 이겨내고자 애쓰던 나의 모습 말이다. 그러고 보니 그때 버스는 어떻게 되었을까. 버스가 왔던가. 아니면 난 그냥 그 자리를 떠났던가. 왜 이렇게 기억이 나질 않지. 나이 탓을 하고 싶진 않은데. 외로움이 너무 쌓여 기억이 상실되어버린 것일까.

외로울 때는 이렇게 하세요, 라는 답을 주고 싶진 않다. 나 역시 정답을 모르기 때문이다. 다만 충분히 외로워지라고 이야기하고 싶다. 그렇게 외롭다가 자신만의 답을 찾아 나가기를 바랄 뿐이다. 정호승 시인이 한 줄로 남기지 않았던가. '외로우니까 사람이다'라고.

이 글을 쓰는 지금도 나는 너무 외롭다.

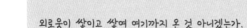

외로움이 쌓이고 쌓여 여기까지 온 것 아니겠는가.

 위로의 방식

스마트폰으로 문자가 하나 도착했다. 왠지 그날은 아침 일찍 눈이 뜨인 그런 날이었다. 평소와 다르게 루틴에서 벗어나면 두 가지 감정이 묘하게 교차한다. 뭔가 정말 좋은 일이 있거나, 그렇지 않으면 정말 안 좋은 일이 있거나. 좋은 일과 안 좋은 일은 겹쳐서 온다고 하지 않나. 그래서 사람들은 늘 뭔가를 이야기할 때 "좋은 이야기부터 들을래, 아니면 안 좋은 이야기부터 들을래" 하고 묻는 것이 아닐까. 이것은 본능인지도 모르겠다. 아니다, 계시인가.

화면을 열면서도 이상하게 불길했다. 아니나 다를까. 부고였다. 그것도 나와 함께 길 위를 종종 뛰었던, 김이 모락모락 피어오르는 아스팔트 위에서 뜨겁게 호흡을 나누며 서로를 응원했던 동생이었다. 그때는 그렇게 서로를 격려했는데 왜 부고를 듣기 전 최근까지 나는 동생의 삶을 격려하지 못했던 걸까.

서둘러 장례식장을 갔다. 나의 활동 반경에서 꽤 멀리 떨어져 있는 곳이었다. 그런 것은 중요하지 않았다. 다만 '왜'라는 의문사만 가슴에 새겨두었다. 누구에게 물어봐야 하는 걸까. 죽은 사람에게 물어볼 수도 없는 노릇. 왜 늘 파이팅이 넘치던 녀석이 그렇게 결정적인 순간에는 파이팅을 받지 못했던 것일까. 미안했다. 나라도 자주 파이팅 해주어야 했던 것은 아닐까 하는 죄책감도 피어올랐다.

장례식장 입구에서 다시 이름을 확인했다. 정말일까. 동명이인은 아닐까. 나에게 문자가 왔으니 맞겠지. 하지만 다시 또 한 번 살폈다. 맞다. 결혼을 한 동생이라 아내가 나를 맞았고, 아이는 건너편에서 부스럭거리며 장난감을 갖고 놀고 있었다. 아니다. 놀고 있었던 것이 아니라 아버지를 잊고 싶어서 의미 있는 반복 행동을 하고 있는 것인지도 몰랐다.

절을 하기 전 영정 사진을 확인했다. 그 얼굴이 있었다. 자주 웃던 녀석이었는데, 사진 속 얼굴은 너무나도 무표정했다. 이런 날이 올 거라는 걸 알고서 언젠가 미리 찍어둔 것은 아닐까. 그런 의심이 들 정도로 표정은 서늘했다.

뭔가 물어볼 수도 없었다. 그것이 뭐 그리 대단한 일이겠는가. 그냥 소식만 확인하면 되었다는 생각이 들었다. 마음이 아프다 못해 무너져버린 아내에게 물어볼 것은 없었다. 다만 인사만으로 충분한 것이 아닐까 싶었다. 감정을 굳건히 잡고 있을 터인데 다시금 흐트러뜨리고 싶지 않았다. 무언의 인사를 사이에 두고 눈빛으로 모든 것이 오고갔다. 그렇게 절은 끝났다.

건너 좌식 테이블에 앉아 밥을 기다리고 있었다. 녀석의 아내는 이쪽으로 건너오지 못하고 있었다. 남편을 잃은 슬픔 너머에는 '이 아이와 어떻게 이 세상을 살아야 하나' 싶은 현실적인 두려움이 도사리고 있었을 것이다. 요 며칠 눈가가 마를 날이 없었을 것이다. 아이는 계속 쭈그리고 앉아 아버지 사진을 넌지시 보다가 다시금 장난감에 몰두했다.

장례식장 밥은 그리 따뜻하지 않았다. 술이 있었지만 대낮이었기 때문에 취기 오른 기분이 싫어서 마시지 않았다. 70% 가까이 식어버린 밥, 60% 정도 식어버린 육개장, 처음부터 식어 있던 김치만 깨작거리며 입에 욱여넣었다.

파이팅 넘쳤던 녀석이라 영정 사진을 바라보며 마음속으

로라도 파이팅을 해줬어야 했나 싶은 아쉬움이 몰려왔었는데 식어버린 음식들 때문인지 그 감정도 금세 식어버렸다. 이곳을 떠나서 결국에는 당도해버린 그곳에서는 열심히 내달리며 파이팅을 외치라고, 무슨 일로 그리 아파하고 힘들었는지는 모르지만 그곳에서는 마음 편히 하고 싶은 거 하며 아픔 없이 지내라고, 가슴속에 못다 한 말을 묻어둔 채 그곳을 빠져나왔다.

거의 두 달째 연락이 닿지 않았다. 회사에서도 왜 결근하고 있는지 알지 못한다고 했다. '무소식이 희소식이다'라고 되뇌기에는 나 스스로가 너무 무책임한 느낌이 들었다. '친구'라는 관계로 연결이 되어 있는 사이가 아니던가. 이리저리 수소문해보았다. 결국 알아냈다. 아픈 것이었다. 어디가 아픈지는 정확히 몰랐지만 아픈 것이었다. 녀석은 수술도 받았다. 그런 적이 있어서 재발했나 싶어서 가슴이 쿵 하고 내려앉기도 했지만 그것은 아닌 듯싶었다.

그렇다면 뭐가 문제지. 이번에는 그냥 기다려보기로 했다. 괜찮다고, 언젠가 괜찮아지면 다시 연락할 거라고 건너서 이야기를 전해 들었다. 그래, 말하기 싫을 때는 말하지 않게 두는 것도 배려하는 것이지.

두 달하고도 며칠이 흘렀다. 가끔씩 의식적으로 떠올릴 때 외에는 의식의 흐름에 녀석의 생존 상태를 저장해두지 않고 있었다. 역시나 연락은 문자메시지로 왔다. 그것도 일요일 아침 댓바람부터 자신의 존재를 확인시켜주는 메시지였다. 나는 걱정이 많았다고 넌지시 이야기했다. 굳이 오지랖을 부려 너를 찾느라 애쓰기도 했다고 전했다.

녀석은 말했다. 우울증과 공황장애로 모든 정상인 것에서 도피해 있었다고. 우리는 늘 그러하듯 아무 일 없었다는 듯이 메시지를 주고받았다. 그 와중에 굳이 '괜찮아 다 잘될 거야'라며 의미 없는 격려는 하지 않았다. 나는 녀석이 얼마나 아팠고, 어디가 아팠고, 어떤 상태인지를 전혀 알지 못했다. 그런 상황에서 '힘내, 파이팅'을 외치고 싶지는 않았다. 그럴 필요도 없을 거라 생각했다. 어설픈 파이팅이 얼마나 공허한지 나도 잘 알기 때문이다.

어릴 적 나는 학교에서, 집에서, 텔레비전에서 배웠다. 사회적 공감대 속에서 누군가가 힘들어 하면 도와야 한다고, 힘내라고 토닥여줘야 한다고 배웠다. 그런데 살다 보니 이런 토닥임이 생각보다 효과가 없다는 걸 알게 되었다. 마치

〈신비한TV 서프라이즈〉에 나올 법한 진실 혹은 거짓 같은 느낌마저 들었다.

어설프게, 영혼 없이 힘내라고 했을 때 상대는 분명 안다. 한 명이 아니라 수많은 사람들이 그렇게 말을 툭 내뱉고 돌아선다는 사실을. '예쁘다'는 말도 자꾸 들으면 지겹고 짜증 난다고 하는데 이 사람에게 들었던 말을 저 사람에게 또 듣는 일만큼 싫은 것도 없을 것이다. 그래서 그냥 가만히 두는 것이 나을 수도 있다는 생각을 언젠가부터 하게 되었다. 그냥 손이나 잡아주고 따뜻하게 바라보는 것만으로도 충분하다는 생각이 들었다. 굳이 쓸데없는 행동을 멈추니까 비로소 보이게 되더라는 것이다. 이제는 같이 펑펑 울어줄 정도가 아니면 뭘 굳이, 하는 생각이 든다.

어린 시절만 해도 위로를 해준다는 것이 어려운 일이었다. 상실의 경험이 별로 없으니 모든 것이 낯설었다. 지금의 나 역시 매 순간순간이 처음이기 때문에 여전히 어색하고 부담스러운데 당시는 얼마나 어려웠을까. 누군가를 잃어버렸을 때 어떤 표정을 지어야 할지 알지 못했다. 울어야 한다고 했지만 어떻게 울어야 할지도 몰랐다. 눈물이라는 것이 억지로 쥐어짠다고 해서 딱히 흘러넘치는 것도 아니지 않나.

병문안을 갈 때도 어떤 표정을 지으면서 병실 문을 열어야 할지 참으로 난감했다. 웃으면서? 울면서? 인상 쓰면서? 살짝 미소 지으면서? 분명한 것은 하나다. 상대의 얼굴을 바라보았을 때 떠오르는 그 표정이 진심인 것이다.

그래, 그 후로는 진심으로 상대와 마주하기로 했다. 위로도 진심으로 마음이 들면 하는 것이고, 그렇지 않다면 굳이 하지 않았다. 또한 상대가 굳이 원하지 않는데 상대를 거짓으로 배려하며 위로하려 들지도 않았다. 내 마음이 가는 대로, 상대 마음이 원하는 대로 그에 맞추어 본능적인 진심으로 아픔과 슬픔, 그리고 상실과 부딪쳤다.

"힘들었던 거 잘 알아, 마음껏 울어도 돼." 그래서 이런 말을 함부로 사용하지 않는다. 상황이 이끄는 대로 상황에 맞게 상황이 결정지어주는 대로 사용한다. 나도 모르게 나에게서 튀어나와야 하는 말이 되도록 내버려둔 것이다.

어느 영화에서 그랬다. '그렇게 아버지가 되어간다.' 그렇다. 나도 '그렇게 한 인간이 되어간다'는 생각이 든다. 많은 경험이 쌓이고 쌓여서 결국 한 인간으로 완성되어간다는 생각이 든다. 그런데 아쉽게도 인간은 죽음과 대면하는 그 순간에 완벽하게 완성된다는 사실이 너무나도 아이러니하다.

시간이 흐를수록 아픔의 경험이 더 쌓여간다는 것도 잘 알게 되었다. 그래서 나는 이제 아무리 애써도, 스쳐 지나가는 시간을 붙잡고자 발버둥을 쳐도 푸른 봄, 즉 청춘으로 되돌릴 수 없음을 잘 안다. 충분히 받아들인다. 되돌릴 수 없다고.

당신에게 나는 이렇게 말하고 싶다. 섣불리 '힘드니까 위로해줄게' 말하고 싶진 않다. 취업도 잘 안 되고, 학자금 대출 갚는 것도 힘들고, 친구도 별로 없어서 외롭고, 가족과도 심적 거리가 멀어지니 더욱 괴롭고. 이런 상황을 군이 내가 잘 안다고 말하진 않겠다. 그냥 이 한마디만 하겠다.

"버티면 지나갈 거야. 그렇게 한 사람의 삶이 꾸역꾸역 채워지는 거야. 버티는 게 이기는 거야. 그렇다고 괜히 이 악물고 버티려고 애쓰진 마라. 그걸로 충분하니까.'

누군가가 힘들어 하면 도와야 한다고, 힘내라고 토닥여줘야 한다고 배웠다. 그런데 살다 보니 이런 토닥임이 생각보다 효과가 없다는 걸 알게 되었다.

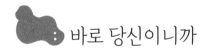# 바로 당신이니까

와글와글 북적북적. 극장 로비에 관객들이 많다. 개인적인 이야기를 서로 나누며 극장 문이 열리기만을 기다린다. 곧이어 극장 문이 열리고, 관객들은 저마다 좌석 티켓을 들고 입장한다. 극장 안은 소란스럽지만 오늘 상영될 영화를 기다리는 이들의 눈빛은 설렘으로 가득하다. 이윽고 극장 내 불이 꺼지고 스크린에만 빛이 스민다. 스포트라이트가 그곳에만 쏟아진다. 마치 은하수를 가로지르며 넘실거리는 별빛처럼.

모두들 숨죽이며 정면만 뚫어져라 응시한다. 과연 어떤 영화가 상영될까. 오늘의 영화는 제목도 공지되지 않았다. 블라인드 상영인 것이다. 제목도 내용도 등장인물도 공지

되지 않은 상영. 첫 화면이 올랐다. 누군가 등장하고 자신의 이야기를 들려주기 시작한다.

그렇다. 한 명의 인생은 한 편의 영화이다. 많은 사람들이 우스갯소리로 이렇게 이야기한다. "내 이야기를 쓰면 대하소설 10권짜리도 쓸 수 있을 걸." 물론 쓰는 것이 쉽진 않겠지만 그만큼 자신의 이야기는 남들이 경험해보지 못한 다양한 제재가 얽히고설켜 있다는 얘기겠지. 감히 그 깊이를 평가할 수 없을 만큼.

경험이 하나둘 쌓여가면서 '나'라는 사람이 완성된다. 사실 생각해보면 인간의 완성은 죽음 직전이 아닐까 싶다. 수많은 경험을 하고 하다가 결국 죽음까지 경험하고 나면 모든 것이 끝나기 때문이다. 그리고 인간 하나하나의 경험이 쌓여 거대한 역사를 이룬다. 우리는 소수인 리더의 역사만 공부해왔다. 하지만 현미경으로 자세히 들여다보면 역사는 민초에 의해 만들어졌다. 민초의 피, 땀, 눈물, 절규 들을 담아낸 경험이 역사를 창조한 것이다.

세종대왕을 떠올려보자. 훈민정음은 단순히 혼자서 발명한 것이 아니다. 곁에서 도와준, 우리는 알지 못하는 무수한 사람들의 노력이 있었다. 그리고 언중이 사용하면서 한 명한 명의 경험담이 모여 장점과 단점이 드러났을 것이고, 이를 토대로 자연스럽게 수정하고 보완할 수 있었다.

백성은 마구 짓밟아도 티도 나지 않는 잡초 한 포기 정도로 치부될지 모르지만, 자세히 들여다본 그들의 삶은 다양하고 아름답고 감사하다. 더불어 그들 한 명 한 명의 삶은 앞에서 이야기한 것처럼 영화 같은 삶이다. 결국 내 영화의 주인공은 '나'다. 나만의 스토리로 나만의 영화가 한 편, 아니 여러 편 만들어지는 것이다. 그만큼 경험은 자신을 만들어가는 주춧돌이자 디딤돌이기에 중요하다.

나의 경험들을 떠올려본다. 즐거웠던 경험도 있었고, 그러지 못하고 감추고 싶은 경험도 숱하게 넘쳐난다. 지금 이 순간, 이 자리에 앉아 글을 쓰며 창밖을 바라보는데 뻐꾸기 소리가 들려온다. "뻐꾹, 뻐꾹" 소리를 들으며 글 한 편을 써 내려가고 곧이어 참새소리가 "쨱쨱쨱" 들려오고, 까치소리도 "깍깍깍" 울려 퍼진다.

푸르른 숲속 장면이 네모반듯한 창에 채색되어 있으니 한 폭의 캔버스에 그려진 명화 같기만 하다. 지끈지끈 머리가 아플 때마다 멍하니 바라보고 있으면 힐링 타임이 따로 없다. 좋기만 하여라. 산들바람에 살랑대는, 거대한 나뭇가지에 붙은 나뭇잎은 바라만 봐도 역시 좋다.

이렇듯 별것 아닌 것으로 여겨지는 경험이라 할지라도 경험은 그 자체로 소중하다. 세포와 같은 역할을 한다. 그 세포들이 모여야 한 사람이 이루어지듯이 말이다.

영국의 비평가 겸 역사학자 토머스 칼라일은 경험에 대해 이렇게 말했다. "경험은 가장 훌륭한 스승이다. 다만 학비가 비쌀 따름이다." 스페인의 철학자 발타자르 그라시안은 "경험도 없는 사람에게는 중요한 일을 맡기지 마라"고 당부했다. 신교학자 로저 아샴은 "경험으로 사는 것은 값비싼 지혜이다"라며 경험을 치켜세웠다.

경험의 중요성을 강조한 명언은 끝도 없이 이어진다. 그만큼 한 사람을 창조하고 이루어내는 데 경험만큼 중요한 것은 없다. 무엇을 경험할지라도 경험 자체에 감사하고 경험을 잘 기억해둘 필요가 있다.

사기를 당해 돈을 잃었던 경험이 있는 나는 그 후 돈을 대하는 마음가짐과 사람을 대하는 태도가 달라졌다. 말 그대로 값비싼 지혜를 얻었던 것이다. 일적인 문제로 누군가와 다투었을 때도 귀한 경험을 했다고 생각한다. 앞으로도 비슷한 상황이 발생할 때 어떻게 대처하면 좋을지에 대한 순

발력이 생겼다고나 할까.

많이 경험하고 많이 아파하고 많이 이해하라고 이야기하고 싶다. '한 살이라도 어릴 때' 같은 고지식한 표현을 사용하지는 않겠다. 다만 그냥 지금 이 순간 겪고 있는 모든 것을 있는 그대로 받아들이고 마음속에 잘 품어둔다면 훗날 분명 그런 경험 중에서 하나를 쏙 꺼내서 예상치 못한 상황에 버무려낼 수 있을 것이다.

당신의 모든 경험이 궁금해진다. 그리고 그 경험 하나하나에 기립박수를 보내고 싶어진다. 한 편의 영화를 만들어가는 당신, 아카데미 작품상을 수여하고 싶다. 한 편의 영화를 연출하고 있는 당신, 아카데미 감독상을 주련다. 한 편의 영화를 써내려간 당신, 아카데미 각본상을 선사하련다. 한 편의 영화에서 주인공으로 활동하고 있는 당신, 아카데미 주연상을 받아 마땅하다.

당신의 삶은 그러고 보니 영화 〈기생충〉보다 훨씬 창의적이며 값지고 멋지다. 당신만의 이야기가 이렇게 대단한 것인지 알아야 한다. 바로 당신이니까. 지금 여기에 있는 사람은 바로 당신 자신이니까.

한 명의 인생은 한 편의 영화이다.

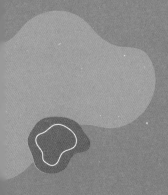

Chapter 3

되고 싶은 나,
나는 나의 운명

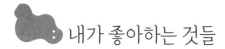 내가 좋아하는 것들

  나는 좋아하는 것이 너무 많다. 그런데 요즘 청춘은 좋아하는 것이 아예 없거나 거의 없거나 해서 파이팅 해주고 싶다.

  솔직히 파이팅을 건네는 것도 두렵긴 하다. "아저씨가 뭐 안다고 나에게 파이팅 해준다는 거예요?"라고 반응할까 봐 그렇다. 내가 금수저 아니 동수저 정도라도 전혀 파이팅이 먹히지 않을 것이다. 그렇지만 나의 상경 스토리를 풀어내자면 대하소설 10권이요, 맨부커상을 지나 노벨문학상은 '떼놓은 당상'일 것이다. 그러니 그런 말은 좀 지나치지 않을 정도로, 꼰대같이 보이지 않을 정도로만 해도 괜찮지 않을까? 좋아하는 것이 없다는 것은 사실 내 입장에서는 너무나도 괴로운 일이고 살 이유가 없는 것처럼 느껴진다. 이참에 좋아하는 것을 정리해보려고 평소 좋아하는 노트를 경건한 마음으로 꺼냈고 좋아하는 연필을 좋아하는 연필깎이에 서걱서걱 소리를 내가며 깎았다.

좋아하는 것 1번, 음악. 음악은 좋아하다 못해 'Music is My Life!'라고 외쳐도 모자람이 없다. 아니 오히려 부족하다. 음악이 좋아서 뮤지컬 배우가 되었고, 음악이 좋아서 콘트라베이스, 일렉베이스, 클라리넷, 가야금, 우쿨렐레, 칼림바까지 연주한다.

밥 한 끼 걸러도 발매 당일에 맞춰 CD나 테이프를 사려고 아침 일찍부터 레코드점이 문을 열 때를 초조한 마음으로 기다린 적도 많았다. 좋아하는 가수의 사인CD를 받거나 브로마이드를 받을 수 있기 때문이었다. 아트워크로 가득한 마이클 잭슨이나 기타 사운드가 폭발할 것만 같은 본 조비의 브로마이드는 너무 아끼다가 벽에는 붙여보지도 못하고 결국 어디로 갔는지 찾을 수조차 없게 되었다. 그래도 좋았다, 좋았다, 좋았다.

내가 음악을 얼마나 좋아하는가 하면 가끔씩 외출할 때 집안에 음악 공기가 가득했으면 하는 마음에 라디오나 CD 플레이어를 일부러 틀어놓는다. 그러면 음악에서 발산되는 수많은 음표와 쉼표와 높은음자리표나 낮은음자리표가 내 방을 둥둥 떠다닐 거라고 믿기 때문이다. 그런데 이렇게 믿어서일까, 외출을 마치고 돌아오면 그렇게나 마음이 편안할 수가 없다. 나 역시 방 안에서 둥둥 떠다니는 느낌이 든다고 나 할까.

음악이 좋아서 기도하고, 기도하고, 믿고 또 믿다 보니 작사, 작곡도 하고 라디오에서 음악을 소개하는 일도 해보고 무대에서 노래도 부르고 연주도 하고… 이런 삶을 누리는 것이다. 정말로 믿는 만큼 이루어지는 것일까? 내가 의도한 대로 끌어당김의 법칙이 작동해 나를 전 우주를 향해 끌어당겨주는 것일까?

춤도 마찬가지다. 이별을 잊고 싶어서 필연을 가장한 우연처럼 시작했을 뿐이다. 그런데 이게 웬걸, 이별 따위는 전혀 생각나지 않았다. 나는 누구와 이별한 것이었지? 춤출 때 나는 전기에 감전된 듯 더없이 짜릿했고, 무대 위의 주인공이 된 듯 날아다녔다. 물론 배우는 것에 만족하지 않았다. 공연도 했고, 강사로도 활동했다.

나는 분명히 공과대학교를 졸업했다. 비행기와 우주선을 공부했다. 그런데 춤을 췄다. 비행기를 타고 지방공연을 간

적이 있고, 우주선을 모티브로 안무를 짜보긴 했지만 공대생이 댄스라니. 가끔씩 생각할 때마다 헛웃음이 나온다. 부모님은 얼마나 어이없었을까.

그래도 어쩌겠나, 좋아죽겠는데. 그냥 좋은 것도 아니고 좋아죽겠는데. 나는 재즈댄스도 했고, 현대무용도 했고, 발레도 했고, 살사와 탱고도 배웠고, 차차도 추고, 룸바도 추고 그랬다. 그땐 그냥 원 없이 좋아서 그랬다. 그러다 보니 먹고살 길이 만들어졌다.

사실 이렇게 좋아하는 것만 끝도 없이 하려고 애쓰는 것이 맞는 건가 싶을 때도 있다. 고민도 많이 했다. 죄책감이 들기도 했다. 누군가는 하루를 살아내는 것이 고통일 정도로 힘들어 하는데 나만 미소 지으며 행복을 누리는 건 아닌가 하는 생각 말이다. 그런데 앞에서도 이야기했듯이 오직 뮤지컬 배우가 되겠다고 상경했을 때 정말 통장뿐 아니라 주머니에는 무일푼이었다. 그리고 지금 여기까지 도착했다. 오직 나의 힘으로.

태풍 앞에 촛불 같은 심정으로 하루하루 버텨냈던 기억이 난다. 절대 좌절하지 않고 한 번도 안 된다고 생각하지 않았다. 문과로 진학하고 싶었지만 공대에 입학한 나에게 '선택'은 '삶' 그 자체였다. 그 누구도 원망하지 않을 거라고 스스로를 다독였고, 그 어떤 상황에서도 절망하지 않을 거라고 나를 믿었다. 그렇게 얻은 삶이라 더욱 값지고 감사하기에 충분히 누리고 싶을 뿐이다. 누구에게도 피해 주지 않는 울타리 안에서.

누군가는 인간관계뿐 아니라 연줄이나 라인이 중요하다며 그런 것에 많이 신경 쓰고 노력한다. 그런데 나는 인간관계는 '좁고 굵고 적게'를 추구하는지라 가끔씩 인맥의 달인들이 휴대폰에 5만 개의 전화번호가 저장되어 있다고 자랑한들 그다지 가슴에도 영혼에도 와닿지 않는다. 그건 그들이 좋아하는 것에 대한 그들만의 애정 표현이니 그들의 삶은 그들의 것으로 남겨주는 편이다. 내 삶을 영위하기에도 바쁘니까 말이다.

누군가의 즐거움과 행복은 결코 내가 판단할 수 있는 일이 아니다. 마치 헤어진 연인이나 부부의 일은 누구도 정확하게 알지 못하고 왈가왈부할 수 없는 것처럼 말이다. 단지 내 것은 내가 챙기면 그만이다. 그것이 바로 지금까지 나를 지탱해준 내 삶의 방식이다. 그러니 요즘 청춘이 좋아하는 것 없이 산다는 말을 들었을 때 굳이 한마디 거드는 것은 괜히 오지랖이다.

그래도 너무 안타까워 꼭 이 말만은 하고 싶다. 제발 좋아하는 것을 한 가지는 찾으라고. 아니 찾아내라고. 그걸 붙들고서라도 앞으로의 삶은 충분히 충만하게 만들어나가기를 바란다. 전쟁의 폐허 속에서도 희망의 꽃은 피어나고, 진흙투성이인 연못에서도 아름다운 연꽃은 자신이 맡은 바 임무를 다하며 살아간다. 그러니 스스로를 암흑 속에 밀어 넣지 않았으면 좋겠다. 아니, 그 암흑에서 성냥개비 하나 꺼내어 불을 붙이더라도 희망을 잃지 않았으면 좋겠다.

좋아하는 것 그 하나하나가 나를 붙들고 나를 이끌고 나를 살려줄 것이기 때문이다. 텔레비전만 보더라도, 게임만 하더라도, 놀러만 다니더라도 잘못이라고 절대 말하지 않을 것이다. 당신이 선택한 삶이기 때문이다. 텔레비전만 좋아하다가 예능PD가 된 사람도 있고, 게임만 좋아하다가 프로게이머가 된 사람도 있다. 놀러 다니는 것만 좋아하다가 파티플래너가 된 사람도 있다.

다만 구체적인 방법을 고민해볼 필요는 있다. 단순히 그 행동만으로 시간을 보내는 것이 아니라 그런 것을 좋아했을 때, 아니 그런 것만 좋을 때 어떻게 하면 보다 풍성하게 내 삶으로 만들 수 있을지를 말이다. 과장일지 몰라도, 징검다리를 건너다가 다리의 필요성을 느껴 다리만 파고들다가 그쪽 분야에 전문가가 된 사람이 탄생할 수 있다는 것이다.

좋아하는 것이 생기면 힘이 난다. 이유가 떠오른다. 그 '이유'라는 동아줄을 붙들고서 청춘의 삶을 이끌어갔으면 한다. 당신은 충분히 그럴 만한 가치가 있는 사람이자, 그렇게 살고자 태어난 사람이니까 말이다.

그런데 태풍 앞 촛불이 어떻게 꺼지지 않을 수 있냐고? 나만의 방식으로 촛불을 켰으니 꺼지지 않는다. 분위기 낼 때 쓰는, 건전지 넣어서 사용하는 촛불이니까. 물론 촛불이니까 틀린 것도 아니요, 잘못된 것도 아니다. 오직 나를 위해 이 정도 유머를 담아낸 촛불이라면 누구라도 이해하고 넘어갈 수 있지 않을까. 심지어 태풍 또한 이해해주지 않을까. 그리고 보면 이런 유머도 내가 좋아하는 것 중 하나다. 무작정 긍정적인 마인드가 여기까지 이끌어주었던 것이다.

당신에게 잔소리하려는 것이 결코 아니다. 물론 누군가는 그 자체도 잔소리라 평가절하 할 수도 있겠지만. 다만 내 손을 뻗어서 당신의 손을 잡아주고 싶을 뿐이다. 손잡아 줄 필요가 없다면 어쩔 수 없지만. 누군가 내 손을 잡아주었을 때 그만큼 고마운 일이 있을까. 감동은 언젠가 분명 찾아온다.

제발 좋아하는 것을 한 가지는 찾으라. 아니 찾아내라!

진짜 내가 되도록 선택하라

    동시대에 함께 숨을 쉬고, 밥을 먹고, 영화를 보고, 운동을 하고, 생각을 나누는 많은 학생들 중 오직 의지에 따라 자신이 결정을 내리고서 학과를 선택하는 경우가 얼마나 있을까. 우선 공부부터 열심히 하고 나서 부모님과 선생님과 적당히 타협을 한 후 대학에 입학한다. 학과보다 중요한 학교. 무엇을 배우는지 도무지 관심이 없고, 궁금하지도 않은 그곳으로.

    나는 두 번째 스물, 마흔이 훌쩍 넘었지만 음악을 향한 뜨거운 열정이 베토벤, 모차르트, 쇼팽, 차이코프스키, 라흐마니노프, 드뷔시 못지않게 불타오른다고까지는 말할 수 없겠지만, 여하튼 음악 대학원에 입학하려고 최근 고군분투 중이다. 내가 음악 대학원에 콘트라베이스로 입학한다면 이 건 대한민국 음악 역사에, 아니 너무 거창하니 그냥 '뮤직 신 music scene'에 길이 남을 '최고의 순간' 1위에 오르겠지만, 여 하튼 그렇게 그냥저냥 차근차근 준비 중이다(지난주에는 어깨 가 많이 아프다는 이유로 레슨도 다 빼먹었는데).

물론 눈에서, 코에서, 귀에서, 손가락에서, 발가락에서, 머리에서 피가 나도록 연습해야 하는데 연습보다 음악 감상 에 좀 더 열심이긴 하다. 나보다 선생님이 더 열심이라 괜히 뜨끔하기도 하다.

그런데 음악 대학원을 가려고 마음먹고서 가장 먼저 왜 '서울대'를 떠올렸는지 알 수 없었다. 해외로 눈을 돌리면 왜 '하버드'부터 떠오르는지도 알 수 없었다. 너무나 정형화되 어 있고 관습적으로 떠올린 거라고는 하지만, 대학 아니 대 학원까지 확장해도 딱 그렇게 익숙해져 있었다.

사실 이렇게 저렇게 조금만 찾아봐도, 그 대학들에 내가 공부하고 싶은 학과가 있는지도 정확하지 않은데 말이다. 다시 나는 교수진을 확인하고, 학교 커리큘럼을 찾아보고, 주위 전공자들에게 묻기 시작했다.

내가 혹시 주위의 시선에 민감해지기 시작한 것일까, 하는 생각도 문득 들었다. 고백하건데, 지금 이 순간 가톨릭 신부에게 고해성사하는 마음보다 더욱 솔직하고 경건하게 말하겠는데, 내게 지방대 콤플렉스가 없다고 말할 수 있는 것이 아닌 것은 아닌지도 모른다고 하는 것도 아닌지 모르겠다. 그래, 있다. 분명히 있다.

부산에서 대학 졸업 때까지 살다가 서울 왔을 때 느꼈던 그 심리적 학벌 간극을 여전히 느끼고 있다. 괜히 SKY대학이나 해외 유학파들이 학교 이야기할 때 나도 모르게 흠칫한 적이 많았다.

그래서 음악 대학원 입학을 본격적으로 고민했을 때, 일순간 서울대부터 떠올렸던 것이 사실이다. 그래, 가고 싶었다. 가지 못한 한도 분명 있었다. 나는 분명 갈 수 있었는데 하는 아쉬움도 넘쳤다. 가족과 학교를 포함한 주위에서도 숱하게 이야기했으니까. 사실 내게는 학교에 대한 불만이나 콤플렉스가 있는 것이 아니었다. 학과에 대한 불만이 있었던 것이다.

나는 누가 봐도 국문과나 영문과, 아니면 음대 출신일 것 같은 삶을 살고 있다. 하지만 공대라니···. 학교에 입학하자마자 삶과 미래에 대한 슬럼프가 찾아왔다. '내가 이곳에 왜 들어온 거지. 여기서 뭘 배우려고 하는 거지' 속으로 고민하며 정신적인 방황을 겪었다. 수업은 힘들었고, 나는 아웃사이더로 방황하기 시작했다. 슬럼프가 영차영차 몰려왔다.

그러다가 우연히 이별을 통해, 뮤지컬을 통해 예술을 깨닫는 인생의 쓸모를 만나게 되었고, 문과 마인드가 짙게 피어나는 공대생인 나는 예술인의 삶을 누리게 되었으며, 무대와 방송, 감동과 감성의 경계선을 숱하게 넘나들며 지금까지 살아내고 있다.

물론 통장에 원하는 만큼 일정한 숫자가 찍히지는 않는다. 그래도 행복지수는 언제나 일정하게, 아니 더 했으면 더 했지 줄어들진 않았다. 덴마크, 노르웨이, 스웨덴, 핀란드 국민들의 행복지수를 나한테 감히 비교하지 말길 바란다. 아니, 부탄 국민의 행복지수도 나랑 비교하지 말기를.

대학에 입학하고서 슬럼프와 우울증, 공황장애로 고생하는 20대를 많이 봤다. 입학과 동시에 휴학하는 친구들도 많이 봤다. '나는 이곳에 속해 있을 수 없어. 이 공부를 좋아하지도 않고 하고 싶지도 않은데 왜 여기에 온 거지' 하는 갈등과 번민 속에서 끝도 없이 흔들리기만 하는 모습도 많이 봤다.

그래, 그렇다면 더 늦기 전에 빨리 다른 길을 걸어야 한다. 저쪽 너머에 분명 절벽이 있을 것인데 그래도 꾸역꾸역 그 길로 향하는 나를 발견하게 되면 얼마나 슬프고 아플까. 얼른 옆길로 새야 한다. 그렇다. 이럴 때 옆길로 새야 한다. 지름길이 아니어도 상관없다. 진흙길이어서 그 길 위를 걷는 것조차 괴롭더라도 상관없다.

분명 나는 내 길을 걸어야 한다는 것이다. 내 길도 아닌 길을 걸었다가는 제아무리 그 길이 꽃길 같아 보일지라도 결국에 그 끝은 '엔딩'이다. '벚꽃엔딩'이 아닌 그냥 '엔딩'이다. 주위에서 꽃잎을 뿌려주고 박수를 쳐주고 응원을 해주는 건 고맙지만 어쨌든 나는 분명 내 길을 걸어야 한다.

그래서 나는 매일 내 길을 걷는 데 주저하지 않는다. 남들이 만들어준 길이 아니라 내 삶에 어울리는 내 길을 말이다. 그리고 단 한 번도 후회하지 않으려고 한다. 내가 선택한 길이니까, 아무리 남들이 봤을 때 별로라 하더라도 내가 걸어야만 하는 길이다.

그렇다. 나는 학교에 대한 콤플렉스가 컸다기보다 4년간 내가 해야 할 공부를 하지 못했기 때문에 괜히 학교 탓을 하며 콤플렉스를 쌓아간 것은 아닐까. 그 4년간 등록금을 꼬박 꼬박 내며, 아르바이트를 하며 고생해서 번 돈으로 '내가 해야 할' 공부를 못 했던 것이다.

그런데 나는 후회하지 않는다. 아니 그러지 않으려 한다. 그것도 결국 나의 선택이었으니까. 부모님을, 선생님을 설득하지 못한 나였으니까. 그러니 이 책을 읽는 당신에게 이렇게 말하고 싶다. 내가 무엇을 원하는지, 어떤 사람으로 살고 싶은지, 어떤 공부를 하고 싶은지를 조금이라도 빨리 부모님과 선생님과 이야기를 나누어야 한다고. 더 늦기 전에 아니 조금이라도 늦기 전에 그렇게 이야기를 나누어야 올바른 선택을 할 수 있을 테니까.

"우리가 가진 능력보다 진정한 우리를 훨씬 잘 보여주는 것은 우리의 선택이다."

〈해리 포터〉 시리즈로 유명한 작가 J. K. 롤링의 말이다. 그녀는 누구보다도 선택의 중요성을 잘 알았을 것이다. 지독한 가난 속에서 누구도 탓하지 않고 자신만의 글을 썼기에 지금의 자리에 당도할 수 있지 않았을까.

나도 그 유명한 'Just do it right now!'라는 말을 인용하겠다. 해야 할 그것이 무엇인지 난 궁금하지도 않고, 알 필요도 없다. 하지만 이것만은 이야기할 수 있다. 지금 바로 하기를. 그렇지 않으면 분명히 후회한다. 그리고 그 길은 내 길이 아니기 때문에 제아무리 꽃길이어도 그 길을 걷는 것이 고통스러울 것이다.

슬럼프를 이겨내는 비법? 내가 가야 할 길인지 그렇지 않은지를 얼른 찾고 실천하면 된다. 많이 힘든 거 잘 안다. 굳이 그 길로 가야 하나 싶은 의구심도 들 것이다. 하지만 분명 언젠가는 후회한다. 바로 그 후회를 하지 않기 위해 우리는 선택을 하는 것이다. 그리고 슬럼프에서 하루라도 빨리 벗어나고자 하는 선택을 해야 한다.

지금 당장 노트를 펼쳐보자. 볼펜이든 연필이든 손에 쥐고 써내려가보자. 하고 싶은 것이 있다는 것만으로도 충분히 행복하다. 지금 당장 할 수 없을지라도 언젠가는 그 길을 걸을 수 있다는, 걸어야만 한다는 다짐을 보여주는 것만으로도 충분히 행복하다. 그렇게, 그렇게 나는 나답게 살아가는 것이다.

나는 분명 내 길을 걸어야 한다.

대학로에서 스트립쇼를

매일 똑같이 굴러가는 하루 / 지루해 난 하품이나 해 / 뭐 화끈한 일 뭐 신나는 일 없을까 / 할 일이 쌓였을 때 훌쩍 여행을 / 아파트 옥상에서 번지 점프를 / 신도림 역 안에서 스트립쇼를

1997년 겨울을 달구었던 노래, 자우림의 〈일탈〉이다. 요즘 밀레니얼 세대에게 자우림이라는 밴드를 아느냐고 묻는다면 모른다는 대답이 대부분일 것이다. 내 생각에도 TV예능 〈슈가맨〉에 출연하더라도 100불을 다 받을 수 있을지 궁금하긴 하다. 사실 10, 20대의 경우 〈슈가맨〉에서 출연 가수와 노래를 이해하고 불을 켜는 이유가 평소에 가수와 노래

를 알아서가 아니라 최근 유튜브의 놀라운 알고리즘 덕분에 가끔, 아니 자주 접하다 보니 그렇게 알게 되어서 불을 켠다고 한다.

이 노래는 왜 그렇게 뜨거웠을까. '최초의 한국형 블록버스터 영화'라고 불리는 〈쉬리〉가 1999년에 개봉했다. 당시에는 다양성과 오락성을 바탕으로 하는 참신하고도 독창적인 한국 문화가 존재하지 않았다. 다시 생각해보면 해외로부터 이런 영화와 노래를 접할 수는 있었지만 우리 스스로 문화를 생산하기는 요원했던 것이다.

이렇게 놓고 보면 자우림의 〈일탈〉은 놀라운 가사를 품고 있음을 알게 된다. 하루하루가 지루하다고 해서 화끈한 일, 신나는 일을 찾다가 '신도림 역 안에서 스트립쇼'라니. 당시 이 파격적인 가사로 인해 PC통신(그렇다. 피식, 하며 웃을지 모르겠지만 인터넷이 아니다. 전화선 모뎀을 연결해 밤새 통신하다가 전화비 많이 나온다고 집집마다 엄마에게 등짝 맞는 청춘을 양산한 바로 그 PC통신이다.)에서 뜨거운 토론의 장이 펼쳐지곤 했다. 이런 가사를 써도 된다, 안 된다, 퇴폐적인 향락문화다, 아티스트의 창작이다, 우리도 선진국의 반열에 들어설 때가 되었다, 아직이다, 같은 찬반 논란이 꽤나 거셌다.

그런데 나는 저 가사가 좋았다. 당당하게 내가 하고 싶은 것을 남들 눈치 보지 않고 하라는 가사 아닌가. 응어리졌던 가슴이 뻥 뚫리는 기분에 없는 돈 털어서 테이프도 사고, CD도 사고, 자우림 팬클럽에 가입도 하고, 콘서트도 갔던 것이다.

당시 지방에 있던 나로서는 신도림 역이 어떻게 생겼는지 알 수조차 없었지만, 훗날 서울에 정착하고서 신도림 역에 가보니 스트립쇼는커녕 지하철 타기도 힘들어 보였다. 인천 또는 의정부에서 오는 1호선과 서울을 순환하는 2호선이 만나는 곳이라 서울 지하철 역 중에서 가장 붐비는 이곳에서 스트립쇼는 꿈꿀 수도 없다. 좀 더 널찍한 곳으로 이동해서 시도해본다면 몰라도. 물론 불가능한 일이겠지만 생각만 해도 기분은 시원하다.

여하튼 가사가 전달하는 카타르시스를 나만 몰래 누리며 하루하루 내가 원하는 무엇을 해야겠다는 마음을 어렴풋하게나마 품고 있었다. 그러다가 공대생이, 감히 공대생이 뮤지컬을 하겠다고 마음먹은 것이다. 가족들의 반응은 당연히 예상 가능했지만, 친구들의 반응이 더 궁금했다.

친구들은 생각과 달리 '그럴 줄 알았다'며 꽤나 격려해주는 분위기였다. 자신들은 그럴 용기가 없지만 나는 그렇게 할 수 있을 거라고 응원해주는 것이 아닌가. 처음에는 '이 자식들이 내가 뭘 하든 관심이 없나' 싶었다. 하지만 그것이 아니었다. 용기였다. '미움 받을 용기'가 아니라 '책임져야 할 용기'였던 것이다.

친구들은 자신의 또 다른 인생을 그려본 적이 없었고, 그에 따른 대가나 책임을 감수할 자신이 없었던 것이다. 지금대로 차분하게 살아가면 어떻게 될지 대충 계획을 세우고 머릿속에서 그려갈 수 있는데 완전히 180도 뒤바꾸는 인생은 언감생심이었던 것이다. 그래서 응원은 해주는데 자신 또한 그런 용기로 새 삶을 시작해보고 싶은데 자신이 없었던 것이다. 그러니 용기를 내 새로운 시작을 해보겠다는 나를 말리기는커녕 응원해준 것이었다.

그 응원을 받으며 결국 나는 부산에서 뮤지컬을 위한 기본 틀만 닦고서 서울로 올라왔다. 아무것도 없었다. 통장에는 달랑 10만 원 있었다. 어휴, 이후 고생은, 어휴, 생각만 해도 어휴, 더 이상 생각조차 하기 싫은, 어휴…

전공자들도 쉽지 않은 무대를 내가 감히 올라갈 수 있으려나. 그렇게 고민과 걱정 속에서 대학로 마로니에 공원 귀

퉁이 어딘가에 앉아 펑펑 울었던 기억이 난다. 그렇다. 용기에는 커다란 책임이 뒤따랐다. 위풍당당했던 용기가 어느새 쪼그라들어버린 것이다. 그리고 결국 현실과 마주해야 했다. 어깨는 움츠러들고 고개는 자꾸 아래로 처졌다. 발걸음은 터덜터덜.

나 말고도 많은 이들이 이곳 마로니에 공원 어딘가에서 그렇게 절망하고 실망하며 하루하루를 견뎌내며 버텨왔을 것이다. 그러다가 배역을 따내고서 그동안 고생했던 것들에 대한 보상을 마음껏 누렸을 것이다. 하지만 배역을 따낸다고 해서 전부가 아니다. 뉴스를 통해, 예능을 통해 공연예술의 처우와 현실을 들어본 적이 있다면 누구라도 고개를 끄덕일 것이다.

그렇지만 첫 번째 관문을 지난 것만 해도 어디인가. 나도 그 관문을 어서 지나고 싶었다. 하지만 연줄도 없고, 백도 없고, 기본도 없이 혈혈단신인 내게 기회가 주어질 리 만무했다. 그래서 마로니에 공원에서 소리를 크게 질러 보았다. 아무도 보는 사람이 없다고 생각했다. 하지만 누군가는 보고 있었고, 가는 길을 멈추고서 흠칫 나를 향해 시선을 던지기도 했다. 그들은 이렇게 생각했을 것이다.

'나 말고도 저렇게 힘들어 하는 사람이 있구나.'

'역할이 아직 주어지지 않았나 보네.'

'참고 기다려보세요. 언젠가는 작은 역할이라도 주어집니다.'

그들의 생각이 네트워크로 연결된 듯이 내 머릿속으로 꾸역꾸역 들어왔다. 나는 대학로 마로니에 공원에서 내 인생 처음이자 마지막이 될 비명을 질렀다. 그래, 그것은 절규에 가까운 비명이었다. 하고 싶다고, 내가 하고 싶은 것을 정말 하고 싶다는. 제발 하게 해달라고, 작은 배역이라도 하게 해달라고. 무대에 너무 서고 싶어서 평탄한 삶을 버리고 이곳까지 오게 된 것이라고.

눈물과 비명이 뒤범벅이 된 그날 이후 다시금 마음먹었다. 결국 내 인생이니까, 내가 선택한 인생이니까, 어떻게든 돌릴 수도 없었다. 누군가에게 '받아라' 하며 던질 수도 없는 노릇이었다. 그렇게, 그렇게 하루하루 견뎌내고 참아내며 달려왔다. 때로는 걸어왔다. 가끔은 기어왔다. 더 가끔은 멈추기도 했다.

그랬더니 어느 날, 나는 국립극장 뮤지컬 무대 위에 올라 있었다.

'미움 받을 용기'가 아니라 '책임져야 할 용기'가 필요하다.

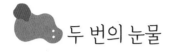 두 번의 눈물

그렇게까지 눈물이 쏟아질 줄은 몰랐다. 첫 공연이 끝나고 커튼콜이 이어졌다. 수많은 배우들이 무대에 올라왔고, 국립극장은 뜨거웠다. 분명 공연용 스포트라이트는 주연배우를 향해 쏟아졌을 텐데, 내 인생용 스포트라이트는 시종일관 나만 쫓아다녔다.

단지 나는 앙상블, 그중에서도 단 한 명이었지만, 요즘 본편보다 더 인기 많은 영화의 스핀오프를 보시라. 내 뮤지컬 인생도 충분히 그렇게 빛나는 조연, 아니 더욱 유쾌하고 재미있고 신나는 앙상블일 수 있다는 것이었다.

국립극장은 참으로 넓어서 나를 편안하게 이끌어주는 곳이었다. 꿈꾸던 곳에 올랐을 때의 희열은 그 누구에게도 설명해줄 수 없다. 온갖 형용사와 부사, 각종 수식 어구들을 끌어다 설명해도 모자를 판이다. 어쩌면 이 말 한 마디면 충분했다.

"안녕하세요. 신인 뮤지컬 배우 조기준입니다."

그런데 사람은 참으로 간사해서 쉽게 익숙해지는 존재인가 보다. 처음에는 공연장 문이 열리기 전부터 와서 근처를 기웃거리고 한 번이라도 더 연습하고 거울에 비친 나를 보며 표정을 짓고, 연기를 하고, 몸짓을 가다듬고, 노래를 불렀는데 몇 번 공연을 치르고 나니 딱 그렇게 남들처럼 공연장을 찾기 시작했다. 그렇게 변해가는, 초심을 잃어가는 배우가 되고 있었다. 그러다가 누군가의 지적이 있고서야 다시 나를 가다듬고 정신을 차리고 또 한 걸음 더 앞으로 나아갈 수 있었다.

처음에는 그것이 전부인 줄 알았는데, 그게 없으면 죽는 줄만 알았는데, 결국 나도 그렇게 되다 보니 'one of them'이 되어가는구나 하는 생각이 문득문득 들곤 했다. 하지만 그 어떤 순간보다 무대에 있을 때가 좋았다. 객석에 앉아 있을 때보다 무대에서 날아다닐 때가 행복했다.

나는 뮤지컬을 하면서 연습실에서, 공연장에서 줄곧 먼지와 싸우며 고군분투했다. 어느 날 더 이상 버텨낼 재간이 없다는 것을 알게 되었다. 무슨 말인고 하니, 뮤지컬은 나에게 형언할 수 없는 어마어마한 기쁨과 함께 현대인의 질병, 도시를 떠나지 않으면 결코 치유될 수 없는 불치병이자 만성 질환인 '비염'을 함께 선사했던 것이다. 이렇게나 고, 마, 울, 수, 가.

인생은 하나를 얻으면 하나를 준다고 하더니 딱 그런 진리를 깨닫게 해준 내 인생 미증유의 시간. 나는 알고 있었다. 언제 이 순간을 떠날 수밖에 없는지를. 갖고 싶어 애가 탈수록 더 가질 수 없는 찰나가 있다는 것을. 사랑하지만 사랑을 멈추어야 할 때가 다가오고 있음을.

이렇게 뮤지컬과 약 4년의 시간을 보냈다. 그리고 깨달았다. 더 이상은 안 되겠구나. 십수 년을 고생하고 영화 또는 드라마, 아니 예능에서 '신스틸러'로 빛나는 배우가 과연 몇이나 될까. 마지막에 달콤한 사과를 시원하게 한 입 베어 무는 영광을 누리는 자는 누구일까.

나는 그러지 못했다. 아니, 정확하게는 달콤하게 익기만을 기다리는 풋사과를 계속 조금씩 베어 물었다. 하지만 결국 꿈꾸던 순간을 만나진 못했다. 그렇게 뮤지컬 배우로서의 커튼은 조금씩 내려가고 있었다.

그렇지만 후회하지 않았다. 지극히 행복하게 살았던 순간이었으니까. 내가 선택한 삶에 대한 후회는 하지 않아야 한다는 다짐만큼은 얻을 수 있었으니 그걸로 되었다. 성인군자는 아니지만 그런 마음가짐을 가져야 아프리카 세렝게티 같은 또 다른 세상을 당당하게 맞닥뜨릴 수 있을 거라 생각했다.

나는 내가 결정 내린 마지막 공연을 끝내고 펑펑 울었다. 너무 울어서 얼굴 분장이 눈물로 뺨을 타고 구석구석 흘러내렸던 기억이 난다. 광대뼈를 지나, 턱을 타고 목까지 흐르다 못해 쏟아져 내렸다. 굳이 동료 배우들에게는 말하지 않았다. 그들도 알고 있으리라. 이 길에 들어섰다가 다른 길로 돌아서는 사람들이 많다는 것을. 하나의 공연이 끝나면 또 다른 삶을 찾아 떠나는 사람이 많다는 것을. 그래서 공연이 끝나면 서로 묵묵하게 등을 두드려줄 뿐이라는 것을. 그 액션에는 '다시 만나자'와 함께 '언제 어디서든 열심히 하자'가

동시에 내포되어 있을 것이다.

그런데 마지막에 흘린 눈물은 첫 공연 때 흘렸던 눈물만큼 선명하게 기억에 남아 있지 않다. 둘 다 같은 눈물이었을 텐데 말이다. 물론 의미는 너무나도 달랐다. 하나는 시작의 기쁨에 환호성을 지르는 눈물이었고, 하나는 떠남을 아쉬워하는 미련의 눈물이었으니까.

마지막 공연은 정말 마지막이라는 심정으로 임했던 것 같다. 더 이상은 보여줄 수 없으니까. 무대에서 더 이상은 내 모습을 보여줄 수 없으니까. 하지만 객석의 누구도 그 의미를 알지 못했을 것이다. 난 'one of them'이었을 테니까. 다른 누군가로 대체해도 아무도 눈치 채지 못했을 테니까. 하지만 분명 나는 안다. 내가 내 인생의 주인공이고, 내 뮤지컬의 주인공이라는 사실을. 그 점만큼은 지금도 잊지 않으려고 한다.

나는 나에게 편지를 쓰고 싶어졌다. 〈레 미제라블〉, 〈웃는 남자〉, 〈노트르담 드 파리〉를 쓴 빅토르 위고가 출판사에 썼던 그런 편지 말이다. 그는 세상에서 가장 짧은 편지를 출판사에 보낸 것으로 유명하다. 기네스북에 올랐을 정도다. 책 판매 현황이 궁금해서 출판사에 물음표 하나만 달랑 적어서 보냈던 것이다. 그런데 출판사 역시 재치 있게 느낌표 하나만 적어 답장을 보냈다고 한다. '잘 팔립니까?'를 '네, 잘 팔립니다!'로 대답했던 것이다. 그 책이 바로 〈레 미제라블〉이다.

나 역시 그렇게 시크하면서도 위트 넘치는 편지를 쓰고 싶다. '?', 즉 '후회하지 않을 거지?', '!', 즉 '그래 물론이지!' 이런 편지 말이다. 구구절절 말과 설명이 필요 없는 그런 편지 말이다. 오늘의 기준이가 내일의 기준에게.

여전히 나는 무대 위 뮤지컬 배우로서 살아가고 있다. 내가 각본을 맡고 내가 연출하고 내가 주인공으로 빛이 나는 그런 뮤지컬 말이다. 언제나 조연은 바뀌고 앙상블도 바뀌고 스윙들도 바뀌는 그런 뮤지컬이다. 나의 뮤지컬은 바로 'Never Ending Story'다.

내가 내 인생의 주인공이고, 내 뮤지컬의 주인공이라는 사실!

 800번의 도전

'Begin Again'이라는 말이 너무나도 잘 어울리는 배우가 있다. 〈어벤져스〉에서 헐크 역으로 잘 알려져 있는 배우, 영화 〈비긴 어게인〉의 주인공인 배우, 바로 '마크 러팔로'다.

그는 오디션에서 무려 800번이나 탈락했다. 떨어지고, 떨어지고, 또 떨어지고, 아침에 눈을 뜨면 또 떨어질 것만 같은 불안감이 매일 엄습했다. 자려고 눈을 감으면 미래의 성공한 이미지보다는 오늘 떨어진 나, 내일 떨어질 나의 모습만 가득했다.

개성 없는 얼굴, 배우로 탄탄대로를 달리기에는 흐릿한 인상이어서 영화 제작사와 에이전시는 그를 합격자 명단에 올려주지 않았다. 10년 넘게 바텐더, 요리사, 페인트공을 전

전하며 실낱같은 희망만을 안고서 오디션을 보고 또 보고 다녔다.

명배우 로버트 드니로가 다녔던 스텔라 애들러 예술학교를 졸업해 기본기가 탄탄했지만, 고생과 실패는 멈추지 않았다. 하늘은 때가 되었다고 여겼을 때 기회를 주는 것인가. 영화 〈갱스 오브 뉴욕〉, 〈맨체스터 바이 더 씨〉의 작가이자 아카데미 각본상 수상자로 유명한 케네스 로너건의 눈에 띄어 연극 〈이것이야말로 우리들의 청춘〉에 출연했고 대성공을 거두게 된다.

이후 승승장구할 것만 같았던 그의 삶은 갑작스런 병마로 멈춰버리고 만다. 영화 〈식스 센스〉 감독 나이트 샤말란이 그를 영화 〈싸인〉에 캐스팅했지만 뇌종양 진단을 받아 촬영에 임할 수 없었다. 10시간의 수술, 10개월의 재활치료. 수술 후 안면마비는 극복되었으나 왼쪽 청력은 잃어버리고 말았다.

하지만 그는 멈추지 않았다. 이후 2004년 복귀하여 다양한 영화에 출연했고, 2010년에는 영화 〈미라클맨〉의 감독까지 맡아 선댄스 영화제에서 심사위원 특별상까지 수상하기에 이른다. 그리고 이어진 영화 〈어벤져스〉 시리즈와 〈비긴 어게인〉까지. 지금부터는 더 이상 설명하지 않아도 될 만큼 그는 탄탄대로를 걷는다.

마크 러팔로는 내가 정말 좋아하는 배우이다. 영화 〈눈 먼 자들의 도시〉에서 보여준 연기를 본 후 그때부터 팬이 되었다. 그의 굴곡졌던 삶을 훗날 알게 되어 그런 눈빛 연기가 어떻게 해서 만들어졌는지 충분히 이해가 갔다.

그는 한 우물만 팠고, 파다가, 파다가 아래로 내려가다 보니 황금 지하수를 만난 것이었다. 그런데 나는 그러지 못했다. 충분히 파고들지 못했다. 이유가 있었다. 누군가는 변명이라고 하겠지. 하지만 어쩔 수 없는 선택이었다. 그 누구도 자신의 선택을 비난할 수 없다. 어떻게든 자신이 내린 결정이니까.

하지만 특히나 이런 스토리를 들을 때마다 아쉬움은 더 커진다. 나는 하다가, 하다가 나대로 지쳤던 것이다. 800번까지는 아니지만 수십 번의 오디션을 보았다. 어떨 때는 꽤 잘한 거 같은데 왜 떨어졌을까 하는 생각이 들기도 했다. 그럴 때는 괜히 욕심이 나서 '분명 내정된 사람이 있을 거야. 이 오디션은 그냥 형식적인 거야'라고 생각하며 나를 위로했다.

그런데 아무리 생각해봐도 폭삭 망해버린 오디션도 있었

다. 변명의 여지도, 나를 토닥거릴 방법조차 찾을 길 없는 그런 오디션 말이다. 오디션이 끝나고 돌아서 나올 때 얼굴이 화끈거려 어서 도망가고 싶었던 그런 오디션. 그날의 나를 아무도 기억하지 않기를 바라는 그런 오디션.

그런데 어느 순간부터 오디션 인생이 싫어졌다. 더는 자신이 없었다. 한 단계 한 단계 올라가야 하는데 예측 가능한 지점까지는 올라갔지만 더 이상 올라설 수 없을 것만 같은 불안감이 몰려왔던 것이다. 도저히 더는 미래를 그릴 수 없었다.

하얗게 맑고 깨끗했던 삶의 캔버스는 계속 회색과 검정색만 칠해지고 있는 것만 같았다. 불안감과 초조함에 멈춰버린 것이었다. 그때 나는 정말 죽을 힘을 다해 밀고 나갈 수는 없었을까. 그렇다. 나는 밀고 나갈 수 없었다. 당장 하루하루 살아야 했기 때문이다. 하루 한 끼 겨우 김밥으로 때우고, 지하철 승차권도 제대로 못 사는 삶이 이어지는데 도무지 더 이끌 자신이 없었다.

결국 나는 나에게 이렇게 고백했다.

'그래, 그 정도면 충분해. 넌 최선을 다했어. 아쉬움은 있

어도 후회하지 않으면 괜찮아.'

　그래, 난 후회하지 않는다. 하지만 분명 아쉬움은 가득하다. 다시금 기회가 생긴다면 무대에서 날아다니고 싶다. 다시 꿈꾸고 다시 해내고 싶다. 비록 마크 러팔로와 같은 성공은 아니라 할지라도, 아니 바라지도 않는다. 단 한 번만이라도 '뮤지컬 배우'라는 다섯 글자를 품고서 다시 무대에 오르고 싶다. 내 인생, 가장 즉흥적이고 엉망진창이었으며 배고픔에 찌들고 좌충우돌했지만 더없이 빛났던 20대의 그 순간을 지금 다시 만나보고 싶다. '재회'라는 단어는 이럴 때 쓰는 거겠지.

　너무 많아서 쓸 페이지가 모자란 나의 버킷리스트 노트를 꺼내본다.

　"할 것이 너무 많고, 하고 싶은 게 너무 많은 나를 사랑한다."

　그렇게 나의 버킷리스트에 적어본다.

후회하지 않으면 괜찮아.

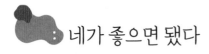

네가 좋으면 됐다

지금도 뮤지컬에 대한 아쉬움이 많다. 또한 이렇게까지 엄청난 배우가 될 줄 알았으면 뮤지컬 아카데미 시절부터 함께했던 조정석 배우와 더 친하게 지낼 걸 하는, 속 보이지만 너무나도 솔직한 생각이 들기도 한다(누군가에게 뮤지컬 이야기를 꺼낼 때마다, '아, 정석이! 실력도 있고 연습도 많이 했던 친구라 잘될 줄 알았어. 같이 술도 마시고 그랬지'라고 으쓱댄다. 그럴 때마다 괜히 내가 뮤지컬 배우였음에 더욱 자존감이 높아진다. 물론 당시 정석이는 잘~하고, 노력도 많이 하는, 촉망 받는 예비 뮤지컬 배우였다.). 여하튼 뮤지컬은 나의 인생 첫 여정이자, 청춘의 대부분을 함께했던 나침반이었다. 그러니 그만둔 것에 대한 아쉬움이 남는다. 후회는 없지만 가끔씩 가슴속 어느 구석에서 불꽃처럼 솟아오르는 뜨거운 감정을 주체하지 못할 때가 많다. 천생 나는 배우였나 보다.

오디션이라도 볼 걸 싶은 뮤지컬들도 떠오른다. 〈맘마미아〉, 〈오페라의 유령〉, 〈아이다〉, 〈브로드웨이 42번가〉, 〈지킬 앤 하이드〉, 〈풀 몬티〉, 〈영웅〉, 〈사랑은 비를 타고〉, 〈빨래〉 등 오디션을 보고서 탈락한 작품도 있고, 오디션을 볼 기회조차 제대로 만나지 못했던 작품도 있다. 그런데 오디션을 잘 보려고 어떻게 했느냐고 가끔씩 누군가 묻곤 한다. 배우로 살았다는 사실이 많은 사람들에게는 신기한가 보다.

책 좋아하고, 종종 글도 끄적대던 문과적 성향의 공대생이 뮤지컬 배우라고 하는 아티스틱한 삶을 살았다고 하니, 교집합은 쉽게 찾을 수 없으니까 합집합으로 판단하는 것일까. 용기를 냈던 것이고 그 용기만큼 밀고 나갔을 뿐인데 저 안드로메다 너머의 다른 별에서 온 생명체로 보는 이유는 뭘까. 많은 부분 잃게 되는 것들에 대해 충분히 각오하고 열심히 살아야겠다는 다짐을 하고서 그냥 내 삶을 살았을 뿐인데 말이다.

나는 '그냥 했던 것'이다. 배우로 살겠다고 다짐했고 배우로 살고자 이것저것 배우고 연습하고 오디션 보고 합격하면 공연하고 그런 일련의 삶을 차근차근 살았을 뿐이다. 다른 배우들도 다 하는 그런 삶. 배우 입장에서는 더없이 뻔한 그런 삶.

누군가 당신에게 왜 직장인으로 살고 있냐고 묻진 않을 것이다. 그냥 그렇게 살겠다고 마음먹었을 것이고 그렇게 묵묵히 받아들이고 살아가는 것이니 말이다. 가끔씩 나에게 쏟아지는 그런 질문들이 불편할 때가 있다. 그렇다, 분명 불편할 때가 있다. 어느 자리에 가면 꼭 그 질문이 빠지지 않기 때문이다.

가끔 그럴 때가 있지 않은가. 대답하기 귀찮은 질문을 계속 받다 보면 차라리 휴대폰에 녹음해 그냥 그 자리에서 틀어주고 말았으면 하는 그런 순간 말이다. 제발 관심 있는 척 좀 하지 않았으면 싶은 그런 찰나 말이다.

뮤지컬 배우라는 삶이 일반적인 것은 아니라고? 그럼 내가 뮤지컬 배우들과 함께 있는 자리에 당신을 초대했고, 그 자리에서 "왜 직장인으로 살아요?" 묻는 누군가와 당신이 마주한다면 어떻게 대답할 것인가. 상대의 지금 있는 모습 그대로를 '왜'라는 질문으로 분석하거나 판단하지 말고, 그냥 "아, 네" 받아들이고 그러려니 해주면 좋겠다. 세상 모든 직

146

업은 자신에게 더없이 특별하고 소중하기 때문에 그 자체로 평가 받을 이유가 없다.

청춘을 대할 때도 그랬으면 좋겠다. "왜 그 대학교, 그 학과에 가려는 거야?" 묻지 말고, "그래, 네 결정이니 잘할 수 있을 거야. 네 삶이잖아" 격려가 필요하다. 부담 주지 않는 격려라면 더욱 완벽하다. 시작도 하기 전에 기죽게 하지 않았으면 좋겠다. 당신은 그렇게 할 자격도 없고 이유도 없기 때문이다.

그리고 제발 "다 너 잘되라고 그러는 거야" 말하지도 말자. 그 말 듣다 보면 될 일도 안 될 것만 같다. 그러니 그냥 옆에서 묵묵히 바라봐주거나, 차라리 무관심으로 가만히 두면 알아서 잘할 것이다. 청춘이라는 푸른 봄을 충분히 만끽하고 있으니 더없이 여물 것이고 성숙할 것이다. 괜히 과도하게 관심을 가졌다가 시들어버리는 꽃이나 식물을 본 적 없는가. 괜한 걱정이 문제를 더 크게 만들지도 모른다.

첫 뮤지컬 공연 무대. 커튼콜 당시 나는 주연이 아니었음에도 벅차오르는 감정을 주체하지 못해 너무나 서럽게 펑펑 울었던 기억이 아직도 방금 전처럼 선하게 떠오른다. '아, 나는 살아 있구나!' 감정이 폭발했던 것이다. 하루에도 열두 번 그만두고 싶었어도, 그래도 한 길을 꾸준히 걷다 보니 나에게도 기회가 오는구나, 하는 확신이 더욱 단단해졌던 것이다.

그때부터 난 공연만 하면 눈물을 쏟아냈다. 주르륵 흘리기도 했다. 핑, 맺히기도 했다. 가끔씩 분장이 범벅이 되어 메이크업 담당자에게 미안할 때도 여러 번이었다. 하지만 이렇게나 하고 싶었던 것을 진짜 하게 된 짜릿한 감격의 순간을 그냥 흘려보낼 수는 없었다. 감정에 솔직해지고 싶었고, 나 자신에게 숨김이 없기를 바랐다.

나는 참으로 행복한 사람이다. 그때도 행복했고, 지금도 행복하다. 멈춰야 했으니 지금은 불행하다고 느끼지 않느냐고 묻는다면 당당하게 아니라고 말할 수 있다. 해보지 않았던가. 한 번뿐인 내 인생에서 내가 하고 싶은 것을 하고 살 수 있었다는 것이 축복이요, 두 번 다시 오지 않을 영광이었지 않나.

스물 청춘에게 그런 인생을 꼭 살아보라고 말하고 싶다. 고생해서 아르바이트해 모은 돈으로 1년 이상 장기 해외여행을 떠나는 친구들을 보면 감격스럽다. 학창시절을 그냥 즐길만도 한데 자신의 아이디어를 발전시켜 일찍 스타트업을 시작하려는 친구들도 봤다. 미래의 스티브 잡스, 마크 저커버그, 잭 도시 들이다. 남들은 기피할 것만 같은 가업, 부모님이 물려주지 않으려 할 것만 같은 가업을 물려받아 현대식으로 발전시키고 성장하는 친구들도 봤다. 대단한 용기가 아닐 수 없다.

아쉬움은 남을지라도 후회하지 않는 삶을 살자. 우리 모두. 그렇게 당당히 열심히 살다 보면 시련도 닥쳐오고 실패도 몰려올 것이다. 시련과 실패를 최고의 기회로 바꿔 더욱 성장해나간 사람들도 많다. 그만큼 엄청난 성공이 아니어도 상관없지 않을까. 충분히 재미있을 정도만 돼도 문제없을 것이다. 그 자체로 즐거울 테니까. 행복할 테니까. 하루하루가 쏟아지는 햇빛처럼 감동의 연속일 테니까. 아침에 눈을 뜨며 이불 킥 제대로 해서 벌떡 일어나고 싶게 만드는 일을 하고 있는 것만큼 행복한 일이 있을까.

그런 삶을 나는 살아가고 있다고 자신 있게 말하련다. 그런 삶을 당신도 살아가고 있을 것이라고 자신 있게 말할 수 있다. 우리 모두 함께 그런 삶을 살아가자고 넌지시 손을 뻗어 잡아주고 싶다. 한 번뿐인 인생이다. 가치 있게 살아가자. 그리고 그 가치는 당신이 제대로 만들어 갈 수 있다.

아쉬움은 남을지라도 후회하지 않는 삶을 살자.

Chapter 4

거침없이 나답게
바깥세상 살아가기

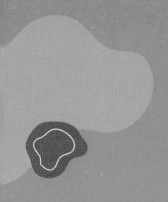

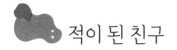 적이 된 친구

모든 언행을 칭찬하는 자보다 결점을 친절하게 말해 주는 친구를 가까이하라.   - 소크라테스

우정이라는 기계에 잘 정제된 예의라는 기름을 바르는 것은 현명하다.   - 시도니 가브리엘 콜레트

친구를 고르는 데는 천천히, 친구를 바꾸는 데는 더 천천히.   - 벤자민 프랭클린

산, 강, 그리고 도시만을 생각한다면 세상은 공허한 곳이지만, 비록 멀리 떨어져 있더라도 우리와 같이

생각하고 느끼는 그 누군가가 있다는 사실을 알면 지
구는 사람이 사는 정원이 될 것이다.   - 괴테

우정은 실연의 상처를 치유하는 최고의 치료제다.

- 제인 오스틴

　더 쓰는 것이 무의미할 정도로 역사상 수많은 철학자, 시
인, 작가 들은 사랑 못지않게 우정을 찬양하고 그에 대한 다
양한 글을 남겼다. 정치가뿐 아니라 대중도 우정의 소중함
을 결코 잊지 않았다. 오죽 했으면 '친구는 제2의 자신이다'
라는 말까지 있을까.

　하지만 친구 또한 한편으로 생각해보면 남이다. 친구에
게 배신을 당해 아파하고, 슬퍼했으며, 죽음에까지 이른 역
사 속 인물들도 숱하게 많다. 고려 말 장군인 이인임과 최영,
그리고 이성계. 셋의 우정은 결국 이성계가 조선을 건국하
면서 서로의 등에 칼을 꽂을 수밖에 없는 상황으로 끝나버
렸다. 머나먼 이국 땅 카자흐스탄 크질오르다에 묻혀 있는
독립군 홍범도 장군. 그 역시 일본군을 상대로 백전백승하
는 난세의 영웅이었으나 가장 아끼고 믿었던 사람들에게 배

신을 당하고 음모에 빠져 목숨을 잃을 뻔한 일이 있었다.

학창시절에는 분명 모든 것을 내어주어도 아깝지 않을 친구가 있을 것이다. 부모님이나 선생님께는 말하지 못하는 비밀을 서로 공유하며 영원한 우정을 맹세하기도 한다. 아무도 이해해주지 못할 것만 같은 나를 친구만은 이해해주기 때문에 우정은 계속된다. 인간은 사회적 동물이기 때문에 사회적 유대감을 통해 자신의 존재를 인정받고 확인하게 된다. 그러면서 사회에 속해 있으므로 안정감을 얻으며 자존감도 쌓여가게 된다.

어린 시절 우정은 더없이 순수하다. 맑고 티 없이 깨끗하다고 할 수 있다. 서로에게 원하는 것 없이 서로를 돕는 데 먼저 나선다. 오히려 주저하는 모습을 보여주지 않으려고 애쓰기도 한다.

하지만 입시가 현실로 다가오는 순간부터 친구를 사귀는 데 본인만의 가치관이 생기기 시작한다. 아니 부모님의 가치관이 개입하기 시작한다. 성적우선주의 세상에 살고 있다 보니 이 친구가 내 성적에 도움이 될지 아닐지를 판단하는 것이다.

그다음부터 이어질 우정의 모습은 굳이 설명하지 않아도 대부분 알고 있을 것이다. 분명히 경험해봤을 것이기 때문이다. 사랑도 그렇지만 우정 또한 성격이 맞아야 오래간다. 서로에게 공유할 점이 있어야 한다는 것이다.

나 또한 그랬다. 나름 우등생 학창시절을 보내기는 했지만, 분명 나보다 뛰어난 누군가는 있기 마련. 성적 향상이 급했음을 굳이 숨기지 않겠다. 친해지고 싶었다. 아니 친해져야 했다. 이유를 막론하고. 그렇게 나는 속물적으로 친구를 사귀어야 한다고 스스로를 밀어붙인 적이 있었다.

매점에서 먹을 것도 사주고, 자주 말도 걸고, 점심 도시락도 같이 나누어 먹고…. 친구가 공부하는 방식이 궁금했고 어떻게 성적을 올리는지도 알고 싶었다. 그런데 이게 웬걸. 영화에서나 나올 법하게 놀 거 다 놀고, 잘 거 다 자고, 쉴 거다 쉬는 친구. 엄마 친구 아들의 전형적인 모습이었다. 그걸 내가 따라할 수는 없는 노릇.

분명 집에서 뭔가 하는 것이 따로 있을 거야 싶었지만 특별한 것은 없었다. 나와 별 다를 바가 없었고, 심지어 나보다 공부를 덜 하는 거 같기도 했다. 그렇게 스파이 같은 심정으로 친구를 사귀었던 나는 임무 실패를 깨닫고서 이게 아니구나 싶었다.

　그 기간 동안 멀어져버린 친구들은 나의 의도와 행동을 이해했다는 듯이 자연스럽게 나를 다시 받아주었다. 뭔가 내 집에 온 듯한 편안함과 안락함이 느껴졌다. 뭘 해도 재미있고 웃기고 신났다. 서로 좋아하는 것이 비슷하니 이야기하느라 시간 가는 줄도 몰랐다. 당시에는 팝 음악을 다들 좋아해서 시내 레코드점 가서 테이프 사는 것이 커다란 즐거움이었다. 당시 5천 원 정도 했던 테이프를 각각 하나 사는데 계산대 앞에서 어찌나 즐겁게 이야기를 나누었던지.

　"나는 이 가수 살 테니까 넌 저 가수 사. 그럼 내가 다 듣고 빌려줄게."

　"아냐, 난 안 빌려줄 거야. 너는 네 것 사 그냥."

　"아, 자식, 쪼잔하기는. 그냥 같이 돌려 듣지."

　"이건 소장용이란 말이야. 뭘 빌려주냐. 절대 안 된다."

　이런 대화가 이어질 때마다 정말 좋았다. 다른 미사여구를 붙일 필요 없이 그냥 좋았다. 그걸로 충분했으니까.

　하지만 난 다시금 친구들과 적이 되어버렸다. 입시가 더

욱 가까워지고 있었기 때문이다. 순수라는 천사가 현실이라
는 악마를 이기지 못한 것이다. 하지만 지금 생각해보면 현
실이 천사였는지도 모른다. 순간의 선택이 평생을 좌우한다
고 했으니까. 그 선택이 달랐다면 지금의 나는 없어졌을지
도 모르니까.

지금 이 순간, 이 자리에 있는 나는 내가 정말 좋다. 하지
만 이런 내가 아니라 다른 내가 되어 있을지도 모른다. 물론
더 좋은 내가 되어 있을 수도 있다. 나는 경험해보지 못했을
그런 나. 하지만 절대 상상조차 할 수 없다. 지금 이상의 내
가 과연 가능할까? 지금도 충분한데. 더 이상 나아갈 필요
없을 만큼 딱 이 만큼이 좋은데.

그 당시 우정이 생각난다. 지금은 그때 두 부류의 우정 중
어느 우정도 남아 있지 않다. 지금의 우정은 더욱 현실적이
다. 아니 딱히 우정이라고 명확하게 구분 지을 수는 있을까.

"다음에 시간 되면 밥이나 같이 먹자." 딱히 밥 먹지 않아
도 상관없으니 그냥 잘 지내냐는 안부 정도. "요새 어떻게 지
내. 무슨 일 하고?" 너무 오랜만에 전화했는데 딱히 할 말은
없고, 뭔가 부탁하고 싶은데 어떻게 시작해야 할지는 모를
때. "결혼은 했고? 결혼 안 하는 게 더 좋아." 네가 결혼했는

지 안 했는지 별로 관심 없는데 왜 묻지.

우정은 학창시절에나 만들어지는 것 같다. 그리고 어느 순간 그 유효기간이 멈춰버리는 것 같다. 그때 친구들이 그리워진다. 내가 실수했던 것들을 돌려놓고 싶은 생각도 든다.

그런데 지금 여기 내 입장이 되니까 이런 아쉬움도 떠올려보는 것은 아닐까 싶다. 그렇게까지 마음을 먹는 내가 미워지기도 하지만, 나는 지금의 내 상황에 충분히 만족하고 있으니 굳이 타임머신을 타고 당시로 날아갈 의지가 없는 것은 아닐까.

그래도 사과는 하고 싶다. 많이 미안했다고. 너희와 함께했던 그 순간이 가장 재미있었다고. 우정이 단지 재미만 쌓아가는 것은 아니지만 그래도 너무나 소중하다고.

수십 년이 지난 지금까지도 여전히 복잡한 일들 때문에 매일 두통으로 고생하는 내 머릿속 한 편에 고스란히 남아 있는 것을 보니 정말 그리운 추억이긴 한가 보다.

친구 또한 한편으로 생각해보면 남이다.

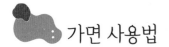 가면 사용법

살다 보면 뜻대로 되지 않을 때가 있다. 아니, 그냥 있는 것이 아니라 많다고 하는 편이 맞을 듯하다. 부모님의 잔소리, 선생님의 공부 압박에서 벗어나 친구들과 우리들만의 세상을 알차게 쌓아가다가 예상치 못하게 배신을 당하는 경우가 생긴다. 뭐랄까, 학창시절의 배신이라 하면 이 친구와 친하게 지내다가 어느 날부터 다른 친구와 친해졌을 때 듣는 "이런 배신자" 정도의 말 아닐까 싶다. 그만큼 당시에는 순수하다 못해 티 없이 맑은 샘물 같은 영혼으로 살았던 것 같다. 내가 아닌 다른 친구와 더 친해졌을 때 갖게 되는 상대적 박탈감과 서운함으로 잠을 못 이룰 정도였으니까. '이 얼마나 순수한 행동이란 말인가.'

하지만 성인이 되고 나니, 정확히는 첫 번째 스무 살에 접어들고 나니 배신의 강도는 상상했던 이상이 되어버렸다. 상상조차 못했던 배신감에 치를 떨기에 앞서 나를 망가뜨릴 수도 있는 현실과 냉정하게 마주해야 했다. 그놈의 돈 문제가 끼어드니 이건 어떻게 할 수가 없었다. "친구야, 알바비 나오면 갚을게, 1만 원만 빌려주라." 이것이 시작이었다. 1만 원은 2만 원으로 뛰고, 2만 원은 5만 원으로 뛰고… 그러다가 10만 원. 그 이후로는 친구의 잠수.

거두절미하고, 배신감이 컸다. 돈을 받지 못했다는 분노보다 믿음이 깨지고, 의리가 사라지고, 친구를 잃어버렸다는 상실감이 감당하기 힘들 정도였다. 어른이 되면 이런 일이 생길 수도 있다는 걸 누구도 가르쳐주지 않았다. 부모님도, 선생님도 입시를 위한 공부에는 열정적이셨지만, 정작 사회생활을 해나가며 알아야 할 공부에는 뒷전이었던 것이다.

누군가는 '그렇게 어른이 되어간다'고 애써 위로했지만, 한 번도 경험해보지 못한, 책으로도 배우지 못한 그런 상황은 너무나도 힘들었다. 학교에서 '사회생활' 공부도 반드시 정규교과로 채택했으면 하는 바람이다.

그런데 스무 살은 한 번의 실패와 아픔을 겪었다고 해서 곧바로 지독한 개인주의자가 되지는 못하더라. 여전히 순수함의 울타리 안에서 폴짝 뛰어다니는 한 마리의 온순한 어린 양일 테니까. '아무것도 몰라요' 하는 표정으로 두리번거리는 예쁘고 해맑은 그 양은 비바람에 쓸리고, 야생동물에 겁먹으면서 점점 두꺼운 양털을 껴입게 되는 것이다. 발톱은 단단해지고, 눈매는 매서워진다. 그렇다. 살아남아야 하기 때문이다. 인생은 아름답지만, 우리는 살아남기 위해 매 순간 버둥거리는 한 마리 양인지도 모른다.

결국 나는 가면을 써버렸다. 사실 나만 그런 것은 아니다. 모두가 가면을 써버린다. 자신의 진짜 내면을 감춰버리고, 타인에게는 강한 사람처럼 보여야만 한다. 내가 나라고 솔직하게 밝힐 수 없는 그런 가면을 써야 한다.

나도 모르게 어느 순간부터 그런 가면을 쓰고 살아왔다. 고요하면서도 평탄하게 살 수 있었던 울타리 안의 삶을 뒤로 한 채, 괜히 호기심을 갖고서 천방지축 울타리 밖을 뛰쳐나와 들개처럼 살아야만 했던 그 결심 이후로는 줄곧 가면을 써야만 했다. 가면은 하나만 쓰는 것도 아니었다. 이 상황에 맞춰서 이 가면을, 저 상황에 맞춰서 저 가면을. 중국 전통극 중 하나인 변검 공연 같은 삶을 살았던 것이다.

나도 모르게 타인 앞에서 힘들다고 내색하기 싫었다. 아프지만, 아프다고 말하지 못하고 스스로 방법을 찾아야만 했다. 마음의 상처가 곪아가고 있어도 타인의 목소리를 듣기가 두려웠다. 나를 약한 사람으로 치부할까 봐 그런 모습을 보이기가 싫었던 것이다. 그러면 그럴수록 내면의 상처는 깊어만 가고, 치유하는 데 더 많은 노력과 시간이 필요한데도 쉽게 끄집어낼 수 없었다. 즉 가면을 벗을 수가 없었다.

'나한테는 말해도 괜찮아. 비밀로 할게'라는 믿음의 신호를 맹목적으로 믿었다가 상처를 받은 적도 수없이 많았다. 그럴 때마다 '내가 사람 보는 눈이 없는 것일까. 사람을 너무 믿는 것일까' 하는 자책도 수없이 했다. 그러다가 가면을 하나 더 써버리는 것이었다.

결국 타인과 일정한 거리를 두기 시작했다. 아무리 좋은 사람이라도 내면의 깊은 이야기를 끄집어내지 않으려고 발버둥질했다. 이것은 몸부림이었다. 그 사람이 정말 좋은 사람이라 할지라도. 그러다 보니 어느 순간부터 나는 잘 듣는 사람으로 비쳐지기 시작했다. 자신의 말을 구구절절 끄집어내기보다 남의 이야기를 잘 들어 주는 사람이었던 것이다.

절대 오해하지 말아야 한다. 잘 들어 주는 사람이 태생적으로 잘 들어 주는 것은 결코 아니다. 그런 DNA를 품고 태어나는 것이 아니라는 것이다. 물론 그런 사람도 있겠지. 하지만 아픔이 많고, 내면에 상처가 많은 사람은 자신의 이야기를 꺼내기를 두려워한다. 그러다 보니 '내 이야기'보다 '타인의 이야기'를 듣는 데 영혼이 짜맞춰져버린 것이다.

첫 번째 스무 살 이후 켜켜이 쌓여만 가던 숱한 가면들. 하지만 두 번째 스무 살이 되고 나니 가면들을 하나둘씩 벗어버리고 싶었다. 끝도 없이 앞만 보고 달려야 하는 줄 알았는데, 옆도 보고 뒤도 보고 가끔씩은 돌부리에 걸려 넘어져도 무심한 척 넘기게 된 것이다. 좀 더 나 스스로에게 솔직해지고 싶었다. 싫으면 싫다, 좋으면 좋다. 사람을 만날 때도 "난 너랑 안 맞는 것 같아" 당당하게 말하고 싶었다. "굳이 너랑 친해져야 하니" 속이 시원하게 말하고 싶었다.

싫은데 좋은 척하고 싶지 않았던 것이다. 그러다 보니 인간관계는 많이 좁아졌다. 졸졸졸 바위 틈새로 겨우 흐르는 물줄기보다 좁아져갔다. 하지만 깊이는 태평양의 심해 못지않다고 이야기하고 싶다. 닫혔던 마음을 겨우 여는 데 한 번의 스무 살이 흘렸던 것이다. 자그마치 20년.

'내가 정말 알아야 할 모든 것은 유치원에서 배웠다'는 말이 있다. 하지만 나는 그렇게 생각하지 않는다. 인간은 평생 배워야 한다. 지식이든 지혜든, 행운이든 불운이든, 상처든 기쁨이든 죽기 전까지 배운다. 그것이 배움이 아니라 깨달음일지라도.

나는 좋다. 그렇게 배워나간다는 것이. 모든 걸 빨리 '배워치우고 싶어 하는' 세상에 살고 있지만, 하나둘씩 배워나가는 것이 좋다. 그렇게 배워나가면서 나는 하나씩 가면을 벗어버린다. 좀 더 나에게 솔직해지는 것이다. 그것만으로 나는 충분하다.

오늘날 이렇게나 복잡하고도 정신없으며, 시시각각 변하기만 하는 시대를 살아보지 않은 분이라 우리의 마음을 깊게 이해하지는 못하겠지만, 그래도 공자는 〈논어〉의 '위정편 爲政篇'에서 자기 학문과 수양의 발전 과정에 대해 이렇게 말하였다.

> 나는 열다섯 살에 학문에 뜻을 두었고(吾十有五而志于學)
>
> 서른 살에 자립했으며(三十而立)
>
> 마흔 살에 미혹되지 않게 되었다(四十而不惑)

쉰 살에 천명을 알았고(五十而知天命)

예순 살에 귀가 순해졌으며(六十而耳順)

일흔 살에 마음 내키는 대로 했으나 법도를 넘지 않

았다(七十而從心所欲 不踰矩)

공자의 이 말에 따라 15살을 지학志學, 30살을 이립而立, 40
살을 불혹不惑, 50살을 지천명知天命, 60살을 이순耳順, 그리고
70살을 종심從心이라고 부른다.

어디서 한 번쯤은 들어봤음직한 말일 것이다. 스무 살을
지칭하는 표현이 없어서 아쉽기는 하지만, 여하튼 마흔이
되면 마음이 흐려져 갈팡질팡하지 않게 된다. 차곡차곡 쌓
아올려 곳간이 터져나갈 것만 같은 경험들 덕분이다. 더불
어 자신의 치부를 드러내기가 두려워 써야만 했던 가면들
덕분이기도 하다. 갈팡질팡하지 않기 때문에 더욱 나다워지
고 싶어지는 나이. 더 이상 나답지 않은, 타인인 척하기 싫은
것이다. 그래서 나는 지금의 내가 내 인생에서 가장 좋다.

비록 가면을 써야 했지만 그 당시의 나로 다시 돌아가겠
느냐고 누군가가 물어본다면 결코 망설이지 않을 것이다.
부서지고, 쓰러졌으며, 다치고, 망가졌을지라도 그때의 내

가 절대 부끄럽지 않다. 그때의 내가 있었으니 지금의 내가 있는 것이니까.

그러니 지금은 홀가분하다. 한 꺼풀씩 떨어져나가는 가면들을 볼 때마다. 그렇게 나는 두 번째 스물을 맞이했다. 세 번째 스물이 오면 더욱 당당해지겠지.

첫 번째 스무 살 이후 켜켜이 쌓여만 가던 숱한 가면들. 하지만 두 번째 스무 살이 되고 나니 가면들을 하나둘씩 벗어버리고 싶었다.

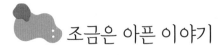 조금은 아픈 이야기

원하지 않는 생각과 행동을 반복하게 되는 불안 장애의 하위 유형이다. 반복적으로 의식에 침투하는 고통스러운 생각, 충동 또는 이미지인 강박사고와 불안을 감소시키기 위해 반복적으로 나타내는 강박행동이 주된 증상이다. 강박행동은 청결행동, 확인행동, 반복행동, 정돈행동, 지연행동 등의 형태로 나타나며, 스스로 부적절하고 지나치다는 것을 알면서도 강박사고로 인한 불안감으로부터 회복되기 위해 반복적으로 하게 된다.   - <심리학용어사전> 중에서

1. A씨는 공공장소에서 절대 물건을 만지지 않으려고 애

를 쓴다. 바이러스나 세균에 이미 감염되어 있는 것만 같은 강박을 느끼기 때문이다. 지저분한 그 물건을 만질 수밖에 없는 상황이 생기면 두 번, 세 번 손을 씻고 또 씻는다. 그러다가 손의 피부가 벗겨진 적도 있다.

2. B씨는 집 밖으로 나갈 때 창문을 제대로 닫았는지, 가스레인지는 정확하게 껐는지, 전깃불은 잘 소등했는지, 수도꼭지는 잘 잠궜는지 두 번, 세 번 확인한다. 그러고는 문 입구에 서서 머릿속으로 이 과정들을 잘 수행했는지 계속 생각해본다.

3. C씨는 하루에도 몇 번이고 구토할 것만 같은 기분에 휩싸인다. 헛구역질이 나오려는 기분 때문에 신경이 쓰여 제대로 된 생활을 하는 데 어려움을 겪고 있다. 사람들 앞에서, 공공장소에서 그러한 모습을 보일까 봐 여러 번 생각에 생각이 꼬리를 물고 이어진다. 그런 일이 결코 일어나지 않을 것이라는 사실을 너무나도 잘 아는데 생각이 멈추질 않는다.

여기까지 읽으면서 '왜 이렇게 어렵고도 길게 썼지'라고 투덜거리다 보면, A씨와 B씨, 그리고 C씨가 누구인지 눈치챌 것이다. 그렇다. 이 글을 쓰고 있는 '나'이다. 그리고 '나'였다. 이미 짧게 얘기했지만 다시 아픈 이야기를 꺼내본다.

'강박장애'가 무엇인지 아직도 잘 모르겠다면, 이를 확실하게 설명해줄 만한 영화를 소개하겠다. 두 시간이면 충분하다. 코로나19로 집콕 생활만 하느라 쌓이고 쌓인 스트레스도 시원하게 날리면서 두 시간만 기분 좋게 즐기면 된다. 흥행에도 성공한 영화이니 재미도 문제없다.

2004년 마틴 스콜세지 감독이 메가폰을 잡고, 레오나르도 디카프리오가 주연을 맡은 영화 〈에비에이터〉. 디카프리오가 연기한 미국의 억만장자 하워드 휴즈는 비행조종사이자 공학자였으며 영화제작자였다. 더불어 강박장애를 비롯하여 여러 가지 정신질환으로 고통 받은 사람으로도 널리 알려져 있다. 세균 감염에 대한 불안감 때문에 악수를 피하고, 손에서 피가 날 정도로 반복해서 씻고 또 씻었다. 우유를 마시는 그만의 방법에 집착하고, '그게 우리의 미래야'라는 말을 멈추지 않았다고 한다.

한편으로 이렇게 생각해볼 수 있다. '악수를 피하고, 우유

마시는 방법이 특별하고, 특정한 표현을 자주 사용하는 게 뭐가 이상한 거지. 손에서 피가 날 정도로 손을 씻는 것은 좀 이상하긴 하네.' 강박장애의 고통을 모르는 사람은 이렇게 쉽게 치부해버리곤 한다. 하지만 이 장애를 갖고 있는 사람은 잘 안다. 이것은 '살아 있는 죽음'일 수도 있다는 사실을. 잘못된 행동이며 할 필요가 없는 행동인 것을 알면서도 멈출 수 없다는 굴레 같은 사실을. 사람들에게 말해봐야 별거 아니라고 치부해버릴, 편견 가득한 사실도.

아주 어릴 때는 그냥 좀 예민한 것이라 생각하고 받아들였다. 어머니께서 그렇게 말씀하셨으니까. 하지만 심하게 머리카락 꼬기, 과도하게 손 씻기, 이유 없는 헛구역질 증상들이 꼬리를 물고 이어졌다. 하나의 증상이 조금 더 괜찮아졌다 싶으면 다른 증상으로 업그레이드되듯 이어졌다. 가장 고통스러웠을 때는 주위에 누군가와 또는 무엇인가와 스쳤을 때 옷이 찢어졌을 것이라고 백 번도 넘게 확인해야 했던 중학교 시절이었다. 안 찢어진 것을 알면서도 보고 또 보고, 확인하고 또 확인하고. 이러한 무모하면서도 무의미한 행동을 해보지 않은 사람은 모른다. 이것이 얼마나 또 다른 지옥

인지를.

고등학교 시절에는 성적과 대학 진학에 문제가 생길까 걱정이 되어 신경정신과 치료를 받으러 병원에 방문한 적이 있었다. 공부에 집중해야 하는데 도무지 집중이 쉽지 않았기 때문이다. 강박장애 증상에만 집중이 되었으니까. 당시에는 다른 진료도 아니고 신경정신과에 내원한다고 하면 그냥 정신질환자 취급을 받는 분위기가 조금이나마 있었다(아니 그 이상이었다.). 지금은 신경과와 정신과가 나뉘어 있지만 당시에는 하나로 통합되어 있어서 더욱 겁이 났다.

그곳에 가기 전 나의 증상에 대해 어느 정도는 알고 싶어서 도서관도 찾고 서점도 방문해서 관련 책들을 읽어보았는데, 나는 아무리 생각해도 정신과는 아니고 신경과 쪽이라고 마음속으로 수없이 되뇌었던 기억이 난다. 즉, 어린 마음에 절대 정신질환자로 판정 받고 싶지 않았던 것이다.

그런데 나는 첫 내원 이후, 도저히 '신경정신과' 의사를 믿을 수 없었다. 오히려 증오에 가까운 불쾌감이 들었다고까지 말할 수 있다. 나는 손도 대지 않았는데 나를 감싸고 보호해온 두꺼운 유리가 내 눈앞에서 사정없이 깨져버린 기분이었다.

의사 무슨 증상이 있나요?

나   자꾸 구토가 나오려고 합니다, 선생님.

의사 네, 약 지어드릴게요.

나   다른 증상도 있는데요.

의사 약 먹으면 됩니다.

100% 정확한 대화 내용은 아니겠지만, 대충 이런 이야기를 주고받았던 거 같다. 대화는 1분을 거의 넘기지 못했던 거 같다. 의사는 나를 거의 쳐다보지도 않았다. 이곳에 오기 전 내가 찾아본 책들에는 '상담'이 있을 것이라고 했다. 하지만 나는 '통보'만 받았다.

이후로는 그냥 괴로워하고, 견뎌내고, 입을 막고만 있어야 했다. 하워드 휴즈가 얼마나 고통스러웠을지는 알 수 없겠지만 나 역시 유사한 고통을 겪어왔다. 이는 경험해본 사람만이 이해할 수 있다.

나는 첫 책에 하나의 꼭지로 이 내용에 대해 조심스럽게 썼다. 그리고 이후 몇몇 어머니들과 이 책에 대한 이야기를 나눌 기회가 있었다. 어머니들이 이 책에 대해 어떻게 공감하실 수 있을까 걱정이 컸다. 첫 책은 '마흔의 솔로남 라이프 스타일'을 담아냈기 때문이다. 한창 무럭무럭 커가는 자녀들과 살아가는 어머니들에게는 도무지 공감할 만한 구석이 없었다. 공부법 책도 아니요, 아빠 육아 책도 아니었다. '솔로 천국, 커플지옥'을 외치는 책이다 보니 어머니들에게는 〈사랑과 전쟁〉 못지않게 이혼을 부추기는 사악한 가정파괴서처럼 보일 수도 있었다. 북토크라는 거창한 이름을 달았지만 기대감보다 불안감과 긴장감이 더욱 피어올랐다.

그런데 갑자기 어느 어머니 한 분이 손을 들고 물었다. "우리 아이가 손을 너무 많이 씻어요. 작가님은 그때 어떻게 하셨어요?" 한 분이 아니었다. 두 분, 세 분 계속 이어졌다. 많은 아이들이 강박장애로 고통 받고, 가족은 불안해하고 있었다. 그래서 솔직하게 나의 이야기와 경험담을 들려주었다. 나는 그 분야 전문 의사는 아니지만 40여 년 가까이 그 병을 나의 또 다른 자아라 생각하면서 살아오고 있으니까.

그 날 이후 강박장애를 주제로 에세이를 써보고 싶어졌다. 우울증과 공황장애는 TV에서, 뉴스에서, 예능에서, 심지어 책을 통해서도 많이 접할 수 있다. 어떠한 증상으로 아파하고, 어떻게 주위에서 도움을 주어야 할지를(이러한 흐름이 얼마나 고맙고도 긍정적인 결과를 낳을 수 있는지는 당사자가 아니면 100% 이해하기 어려울 것이다.). 하지만 아직 강박장애를 수면 위로 끌어올린 책은 없는 것 같다. 내가 잘 모르고 있거나. 그래서 꼭 써보고 싶다. 두 번의 스무 살을 겪으면서, 앞으로 몇 번의 스무 살을 더 겪으면서 내가 늘 끌어안아야 할 또 다른 나의 모습.

사라질 수도 있겠지. 하지만 다른 모습으로 다시 나를 찾아온다는 것도 너무나 잘 안다. 커다란 아픔으로든 자그마한 아픔으로든. 첫 번째 스무 살인 '너'도 이러한 아픔을 겪고 있을지 모른다는 사실을 잘 안다. 그동안은 누구에게 말하지도 못하고, 어떻게 행동해야 할지도 몰랐을 것이라는 점도 충분히 이해한다. 그런 모습의 너를 사람들은 별것 아닌 것으로 치부해버리니까. 그들의 마음도 충분히 이해해야 하겠지만….

단지 이 사실 하나만은 알아주었으면 좋겠다. 너는 혼자가 절대 아니라는 사실을. 그렇게 아파하고 고통스러워하고 이겨내고 싶어 하는 사람이 너 하나만은 아니라는 사실을. '우리'는 모두 이유가 궁금했고, 치료되는 방법을 알고 싶어

하며, 평범하게 살아갈 수 있을 것이라는 희망을 갖고 있다
는 사실을.

나 역시 불안함과 두려움을 가슴속에 온전히 품고서 이
렇게 말해본다.

"나는 강박장애로 고통 받고 있는 사람입니다. 지난 수
십 년 동안 고통을 받았고, 지금도 많이 아파하고 있습니다.
나는 나처럼 고통 받고 있는 당신과 함께 공감하고 이야기
를 나누고 싶을 뿐입니다. 그렇게 해서 조금이라도 우리가
나아지고 편안해진다면 그것으로 충분합니다. 나에게는 조
금 더 나아지고 있다는 강박을 가질 권리가 있으니까요. 당
신에게는 장애를 이겨내야 한다는 의무도 있으니까요. 오늘
밤에는 아픔으로 눈물을 훔치지 않을 것입니다. 조금 더 편
안해진 미소를 짓고 싶을 따름입니다. 그렇습니다. 나는 강
박장애자입니다."

단지 이 사실 하나만은 알아주었으면 좋겠다. '너'는 혼자가 절대 아니라는 사실을. 그렇게 아파하고 고통스러워하고 이겨내고 싶어 하는 사람이 너 하나만은 아니라는 사실을.

세상이 너를 속일지라도

　다시 고백한다. 나는 하고 싶은 게 너무 많다. 동시에 다하지 못하기 때문에 더 하고 싶은 것과 덜 하고 싶은 것들을 구분하여 겨우 순서대로 해본다. 사실 더 하고 싶은 것들 중에서 열심히, 재미있게, 꾸준히 하다가도 싫증나면 덜 하고 싶었던 목록에서 다시 하나둘 뒤져본다. 그러다가 살짝 그쪽으로 넘어간다. 새로운 무엇인가와 썸 타는 기분은 언제나 좋다. 설레고, 떨리고, 궁금하다.

　누군가 그랬다. 나의 고민을 들어줄 친구가 하나쯤은 있는 인생, 열심히 살아내다가 잠시 쉴 수 있는 여유가 생겼을 때 여행이라도 떠날 수 있는 인생 그리고 하고 싶은 것은 하나라도 있는 인생은 충분히 성공한 인생이라고⋯. 누가 그런 말을 했냐고? 사실 지금 내가 하고 있다.

나는 이렇게 생각한다. 어중이떠중이 친구 1,000명보다 진득하고 진솔한 친구 하나면 충분하다. 나와 희로애락을 충분히 나눌 수 있는 친구이기 때문이다. 왜 즐거운지 이해를 해주니 같이 맞장구를 쳐줄 수 있고 왜 괴로운지 잘 알고 있으니 같이 손 맞잡고 슬퍼해줄 수 있다. 아무리 휴대폰 전화번호 목록에 사람들 이름이 수천, 수만이면 뭐 하랴. 아무도 들어주지 않을 것만 같은 내 인생 넋두리를 들어줄 단 한 명이면 나는 충분하다.

어느 인간에게든 열심히 살다가 '번아웃'을 겪는 순간이 분명히 온다. 일이 터져버릴 듯이 넘쳐나서, 아니면 사람 때문에 힘들어서 모든 걸 다 때려치우고 도망쳐버리고 싶을 때 도망갈 수만 있다면 얼마나 좋을까. 새로운 공기를 마시고, 새로운 세상을 구경하고, 새로운 사람을 만나고, 새로운 이야기를 나누고, 새로운 밥을 먹고… 생각만 해도 심장이 벌렁벌렁, 펄떡펄떡 널뛰기만 한다.

하고 싶은 일이 있다는 사실도 마찬가지다. 왜 이렇게 사람들이 희망이 없을까. 있던 희망도 다 사라져버릴 것만 같은 요즘이다. 힘내라고 말하고 싶은데, 힘낼 만한 일이 없는

데, 어떻게 그렇게 말할 수 있을까.

나는 아침 신문을 구독한다. 참 아저씨 같다고 주위에서 신기하게 여긴다. 하지만 난 여전히 신문이 좋다. 페이지가 잘 넘어가지 않아 둘째나 셋째 손가락에 침을 살짝 묻혀 억지로 넘길 때, 그리고 사각거리며 종이 넘어가는 소리를 들을 때마다 역시나 슬며시 미소가 지어진다. 신문을 받아볼 때는 기분이 좋지만 막상 1면부터 읽어나가면 언제나 힘들기만 하다. 정치권은 매일 싸우고 경제계는 죽겠다고 난리다. 최근에는 바이러스 사태가 모두를 지치게 한다. 쌀 한 톨만 한 희망조차 사라져간다.

그러니 하고 싶은 일이 있다는 것은 커다란 행복이다. 여전히 하고 있는 것이 많지만, 지금도 하고 싶은 것들을 주저리주저리 써보고 싶다.

- 김이 모락모락 피어오르는 엄마의 갓 지은 아침밥이 먹고 싶다.
- 우리 집 여섯 고양이들 털을 예쁘게 빗겨주면서 날아다니는 털 없는 순간을 10분만이라도 누려보고 싶다.
- 집안 거실에 끝도 없이 쌓여 있는 책들을 가지런하게

정리하고 싶다.

– 최근에 렌탈한 정수기 물을 시원하게 또 마시고 싶다.

– 창문을 활짝 열고 뒷산에서 들려오는 새소리를 눈 감고 30분만 들어보고 싶다.

– 식탁에 앉아 뜨거운 아메리카노를 마시며 크림치즈를 슥슥 바른 베이글이 먹고 싶다.

– 이 모든 것을 할 수 있을 것만 같은 현실감에 감사하고 싶다.

그렇더라. 태어나면서부터 행복한 사람이 얼마나 될까. 과연 있기나 할까. 행복은 저절로 생기는 것이 아니더라. 노력이 필요하더라. 행복한 사람들의 삶을 되짚어보며 지식과 정보를 쌓고, 그렇게 살아야 함을 깨닫는 지혜를 바탕으로 하나둘씩 나에게 맞추어 실천해나가야 하더라.

돈이 불쑥 하늘에서 쏟아진다고 해서 결코 행복하지 않다. 준비가 되어 있어야 한다. 로또 1등 당첨자들의 인생이 고통과 후회로 점철되는 이유는 준비가 되어 있지 않아서다. 모두가 당첨만 되면 행복한 줄 알지만 그것이 아니기 때문이다. 언제나 노력이 필요하고, 준비가 되어 있어야만 한다.

난 대학시절 우연히 서점에서 만난 한 권의 책을 통해 약간은 부족한 듯 '똑똑한 바보'가 되기로 결심했다. 처음에는 쉽지 않았다. 인간은 더없이 이기적인 동물이기 때문에 자기중심적일 수밖에 없다. 자기 이야기만 하고 싶어 하고, 자기가 제일 잘나야만 하고, 자기중심으로 세상이 돌아가야 한다고 생각하니까. 하지만 그런 마음을 조금은 내려놓았다. 종교인들이 소위 말하는 '내려놓음', '비움', '무소유'를 위해 노력하였다.

내가 조금 손해를 보더라도 아까워하지 않았다. 결국 내 것이 아닌데 내가 그것에 집착하고 헛된 애만 쓰다가 괜히 마음의 병을 얻고 싶지 않았다. 그랬더니 마음이 많이 편해졌다. 100원을 잃으면 언젠가 1,000원이 들어오겠지 하는 마음이었다. 그것도 아니라면 지금 1,000원만큼 충분히 행복하다고 나를 다독였다.

말이 쉬워 그렇지, 이렇게 마음먹기까지 쉽지 않았다. 내가 정신수련이나 마음수련을 한 사람도 아니기 때문이다. 좀 더 쉽게 말하자면 포기가 빨랐단 것이다. 포기하니까 마음이 편해졌다. 열심히 하지 말라는 것이 아니다. 결국 나에게 오지 못할 것이라 생각하고 마음먹으니 그만큼 지금 이 순간이 천국이었던 것이다. 천국이라고까지 표현한다면 과장된 것처럼 보일 수도 있겠지만 어쩌겠는가, 안 되는 것은 안 되는 것이고 안 오는 것은 안 오는 것인데.

사랑도 마찬가지였다. 나에게 오는 사랑은 소중하게 대하고, 나에게서 떠날 수밖에 없는 사랑은 크게 아파하지 않았다. 하지만 난 사랑할 때만큼은 세상 그 어떤 로맨티스트보다도 뜨겁게 사랑하려고 애쓴다. 로미오와 줄리엣 저리 가라 할 만큼 뜨겁게 사랑한다.

요즘 청춘들의 삶이 갈수록 힘들고 고단하기만 한 거 안다. 그들과 함께 살지 않아서 '잘 안다'고는 하지 않겠다. 그들만의 고민이 있는 것을 내가 어떻게 100% 속속들이 알겠는가. 취업으로 고민하고, 결혼을 고민하고, 퇴직을 고민하고… 아직 어린데 무슨 퇴직까지 고민할까 싶겠지만 삶을 영위해나가는데 지금 이 순간에만 만족할 수는 없지 않은가. 한 걸음 한 걸음 걸어갈수록 안개는 더욱 자욱해지고, 미세먼지는 걷잡을 수 없이 진해져가는 것도 안다.

그렇지만 마냥 포기할 수만은 없지 않겠는가. 그래도 살아내야 하니까. 살아남아야 성공한 것일 테니까. 그러니 '하이 킥'을 날려서라도 재미있는 것을 찾아보라고 하고 싶다. 거창하지 않아도 된다. 내가 감당할 수 있는 선 안에서 충분히 기뻐할 수 있는 것들이 많다. 행복도 기쁨도 계속 찾아봐야 한다. 파랑새를 찾아야 진짜 행복을 가졌다고 믿는 것처럼.

너만의 파랑새를 찾아내기를 응원해 본다. 세상이 절망으로 빨려 들어간다고 해서 나까지 그렇게 살 필요는 없지 않을까. 소박하게라도 나만의 방법을 찾아 재미없는 세상에 거침없이 하이 킥을 날려주었으면 한다. 그리고 재미있는 것을 찾아낸 그 순간부터 분명 라이프스타일이 바뀔 것이다. 아니 그 이전에 얼굴 표정부터 변할 것이다. 절망적이고 포기해버린 얼굴에서 갑자기 생기가 돌고 미소가 번질 것이다. 하이 킥을 한 번씩 날릴 때마다 미소는 더 짙어질 것이다. 순간순간 밀려드는 생기 때문에 동안이 되어 가는 기적을 맛볼지도 모른다.

'혹시, 이런 이유로 내가 스무 살이나 동안처럼 보인다는 말을 가끔 듣는 것일까?' 하이 킥을 너무 많이 날리다 보면 가끔씩 이런 부작용도 생길 수 있으니 조심할 것(^^).

내가 감당할 수 있는 선 안에서 충분히 기뻐할 수 있는 것들이 많다.
행복도 기쁨도 계속 찾아봐야 한다.

아무튼, 드디어, 아버지!

그리스 중부 지역에 위치한 테베의 왕 라이우스는 장차 태어날 왕자가 자신을 죽일 것이라는 예언을 듣게 된다. 이후 아내이자 왕비인 이오카스테가 아들을 잉태하자 라이우스 왕은 아들을 산에 갖다 버린 후 죽게 하라고 명령하기에 이른다. 예언이자 운명 때문에 아이는 결국 산에 버려지는데 우연히 양치기가 아이를 발견하고 코린토스의 폴리부스 왕에 바치게 된다.

이 아이가 바로 오이디푸스인데, 그가 청년이 되었을 때 자신의 고향인 코린토스를 떠나 우연히 갈림길에서 라이우스 왕이자 자신도 모르는 아버지를 만나고야 만다. 하지만 누가 길을 먼저 지나갈 것인지를 놓고서 서로 다투다가 오이디푸스는 아버지이자 왕을 죽이게 된다.

이 일이 있고서 오이디푸스는 스핑크스에게 가는데, 스핑크스는 테베로 가는 길을 막고 모든 여행자에게 수수께끼를 내어 문제를 풀면 통과하게 해주고 그러지 못하면 목숨을 앗아가는 것으로 유명했다. 하지만 오이디푸스는 문제를 풀게 되고 치욕을 견디지 못한 스핑크스는 스스로 목숨을 끊는다.

이를 감사하게 여긴 테베 사람들은 오이디푸스를 왕으로 추대하고 자신도 모르는 어머니인 이오카스테와 결혼을 하기에 이른다. 진짜 비극은 이때부터 시작이었다. 근친상간이라는 사실을 알게 된 신들은 분노하여 테베에 전염병을 퍼뜨리고, 라이우스 왕의 살해자를 찾으면 전염병을 거두겠다는 예언이 내려온다.

테베를 구하기 위해 범죄자를 찾아 애쓰던 그는 자신이 아버지의 살해자이자 어머니와 결혼했다는 사실을 알게 되고, 이오카스테는 결국 스스로 목을 매어 자살하며 오이디푸스는 옷을 조이는 데 쓰던 브로치로 자신의 눈을 찔러버리고 만다.

아버지와 아들의 관계를 논할 때 절대 빠지지 않고 등장하는 이야기, 바로 '오이디푸스 콤플렉스'에 관한 신화이다. 정신분석학과 심리학으로 깊게 파고들면 끝도 없이 파고 내려가다가 지구 중심을 만날 것만 같은 이야기인지라 여기까지만 들려주고 끝내려 한다. 다만 이 신화를 굳이 들추어낸 데는 이유가 있다. 바로 우리네 아버지와 아들의 이야기, 조금 더 구체적으로 말하면 나의 아버지와 나의 관계에 대해 차분하게 상담 받듯이 풀어나가고 싶기 때문이다.

조선시대 영조대왕과 사도세자, 러시아 표도르 도스토예프스키의 〈카라마조프 가의 형제들〉, 아르헨티나 호르헤 루이스 보르헤스의 〈엠마 순스〉, 독일 헤르만 헤세의 〈데미안〉과 더불어 영화 〈헐크〉 속 아버지와 아들 또한 극단으로 치닫는 대립과 갈등 속에서 허우적거렸다.

집안에서 가장 사이가 좋지 않은 관계가 바로 아버지와 아들이라고 한다. 소위 남성 DNA 때문에 서로 가정을 지키려고 본능적으로 견제하기 때문이라던가. 물론 아버지와 딸, 어머니와 딸, 어머니와 아들 이야기도 나누면 좋겠지만, 나는 글을 쓸 때마다 늘 계륵처럼 따라 다니는 아버지와의 어색함을 어떻게든 풀어내고자 애를 많이 쓴다. 말로 툭 터놓는 것이 매번 어렵고 무겁게만 다가와서 이렇게 글로나마 아버지에게 미안함을 전하고 있다.

요즘 젊은 아버지들이 자녀들과 오붓하게 잘도 지내고 오순도순 막내동생과 노는 듯 행복해하는 모습을 TV를 통해서건, 현실에서건 자주 본다. 하지만 '라떼는' 달랐다. 우리 때는 달랐다. 아버지는 집이라는 울타리 바깥에서 돈만 벌어오는 분, 새벽에 나갔다가 모두가 자고 있는 한밤중에 술이 거나하게 취해 떠들썩하게 들어오는 분, 주말에는 잠만 자는 분 정도의 이미지가 강했다. 이에 대해 누구 하나 '아니요'라고 반론하진 못할 것이다. 두 번째 스물들의 아버지, 즉 세 번째 스물에서 3.5번째 스물 정도 된 분들이 돌아가고 싶지 않은 현실이었으니까.

그만큼 아버지는 멀기만 한 존재였다. 엄마와는 전화 통화 속에서도 나름의 '꽁냥꽁냥'이 드러난다. 살가운 대화 너머로 웃음꽃이 피기도 한다. 대화 시작에 활짝 피었다가 마치고 나서도 여운을 드리우며 수화기 끝에서 사라지지 않을 것만 같은 그런 꽃이다. 오그라들어도 상관없을 꽃이다.

그런데 요즘은 아버지와의 관계를 개선하기 위해 많이 노력한다. 이전 책에 공식적으로 아버지와의 어색한 사이를 밝힌 이후 종종 지금은 어떤지에 대해 물어오는 분들이 계셔서, 그리고 그 안에서 아버지와 잘 지내겠다고 다짐한 나의 고백이 있었기에 노력하게 된다. 어느 순간부터 자꾸 아버지가 전화를 많이 하신다. 내 책을 꼼꼼하게 다 읽으셨나 싶을 정도로. 대화를 나눌 주제가 메말라 있는데도 전화 진동이 자꾸 울렸다. 귀찮기도 했다. 솔직하게 말하자면, 받기 싫을 때가 많았다. 할 말이 없으니까.

그러다가 살짝, 정말 살짝, 조금, 진짜 조금 귀찮다며 화를 냈는데 그게 바로 심장 한가운데를 정확하게 관통한 화살이 되어버린 것이다. 말 그대로 부산 사나이, 과묵함의 대가인 아버지가 삐쳐버린 것이다. 그냥 그러고 넘어가면 될 줄 알았다. 아니면 전화를 다시 걸어서 죄송하다고 하면 되었을 텐데, 왜 그리도 질질 끌었는지. 나이 든 아이가 돼버린 아버지를 달래지도 못한 내가 두고두고 지금도 원망스럽다.

이후 상황을 자세하게 설명하자면 300페이지짜리 장편소설 한 권쯤은 나오는 분량이라 노벨문학상, 맨부커상 정도까지는 아니어도 국내 문학상 정도는 문제없을 만하기에 그냥 이유 없이 생략하기로 한다. 아니, 사실은 이러저러한 상황 설명이 나를 민망하게 만들기 때문이다. 결론은 내가 나쁜 아들이었으니까. 반성했다. 죄송했다. 사과했다.

그 후로 아버지에게 먼저 전화한다. 몽글몽글 피어오르는 약간의 죄책감을 담아서 살갑게 첫 인사를 건넨다. 죄책감도 조금씩 없어진다. 그런데 아휴, 왜 그렇게 서로 할 말이 없는지. 그래도 전화한다. 해야 한다. 10초 만에 전화를 끊더라도 그냥 한다. 고향 좀 내려와서 얼굴 좀 보자고 100번은 말하셨던 거 같은데, 왜 이렇게 내려가는 게 부담이 되고 어렵기만 하던지. '피붙이라 더 어렵기만 한 것일까' 하고 말도 안 되는 변명을 잘도 갖다 붙인다. 바로 내가.

아버지는 자꾸 맛있는 걸 사주겠다고 한다. 그런데 아버지가 좋아하는 음식과 내가 좋아하는 음식은 엄연하게 달라서 늘 어긋나고 삐긋한다. 또 아버지는 자꾸 같이 산에 바람 쐬러 가자고 하는데 난 산에 가는 걸 그리 좋아하지 않는다. 드넓은 바다가 좋다. 가슴도 뻥 뚫리는 기분이라.

아무튼, 드디어, 여기에서 모든 논란과 어색함을 종결짓고자 한다. 잘 들어보시라. 나는 아버지가 좋다. 우리, 아니 나의 아버지를 사랑한다. 연애할 때는 입안에 침이 마르도록 사랑한다는 표현이 쉬웠는데, 그것도 귀가 떨어져나갈 만큼 오글거리게 외치기도 했는데 드디어 아버지에게는 처음으로 말해본다.

"아버지, 아니 아빠, 사랑합니다."

아, 더는 못 하겠다. 여기까지만.

첫 번째 스물이든 두 번째 스물이든 우리 모두 나이 상관없이 아버지한테 사랑한다고 고백하면서 꼭 안아드렸으면 한다. 이게 무슨 짓이냐며 화들짝 놀랄 수도 있겠지만, 포옹이라는 스킨십은 말하지 않아도 상대의 마음을 읽어내는 놀라운 힘이 있으니까.

평생을 후회하며 살아왔다. 그 쉬운 말을 아직도 한 번 제대로 하지 못했던 나를 원망하면서 말이다. 첫 번째 스물로 돌아갈 수만 있다면 나를 응원하고 싶다. 나중에 후회하지 말고, 스스로를 원망하지 말고 하고 싶었던 그 한 마디만 딱 하면 된다고. 그것도 배시시 웃으면서 하면 된다고 말이다.

"아버지, 아니 아빠, 사랑합니다."

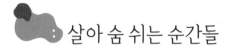

살아 숨 쉬는 순간들

새벽 수산시장을 다녀온 적이 있다.

언제였는지는 가물거리지만 그때 느꼈던 활기는 좀처럼 잊을 수가 없다. 그래서 힘들거나 지치거나 주저앉고 싶을 때마다 그때를 떠올릴 때가 종종 있다. 정말 새벽이었던 것 같다. 늦가을 이른 새벽은 한밤중이나 다름없었다. 한 치 앞도 보이지 않을 만큼 깜깜했었다.

하늘에는 여전히 별이 몽글몽글 떠 있었다. 자정보다 이른 새벽하늘에 별들이 더 많은 듯했다. 새벽에는 사람이 별로 없으니 덜 부끄러워 그랬나, 어둠 뒤편에 숨어 있다가 몰래 구경 나온 부끄럼 많은 다섯 살 아이 같았다.

밤을 새고서 그곳을 찾은 것은 아니었다. 어느 책에서 새벽 수산시장을 방문하면 삶에 커다란 활력을 느낄 수 있다는 문장을 읽은 기억이 났기 때문에 며칠간 벼르다가 직접 찾아가기로 했다.

출근시간에 사람들이 에너지가 넘칠까. 점심시간에 생기가 터져 나올까. 이도 저도 아니면 퇴근시간에 모두들 기뻐하며 회사 건물을 나설까. 다들 늘 지쳐 있고, 피곤에 찌들어 있고, 누군가와 한 마디 말 나누기도 힘든데. 사람과 사람이 기대고 서 있어 사람 '人'이라는 한자가 만들어졌다는데, 요즘에는 서로 기대기는커녕 실수로라도 기댔다가는 난리가 나기 일쑤다.

그런데 늦가을의 새벽 수산시장에는 힘이 넘치는 소리가 여기저기서 시원하게 뿜어져 나오고, 불빛이 태양빛을 이길 정도로 밝게 빛났다. 활기, 생기, 에너지 이런 단어는 이곳에서만 가능한 듯 보였다. 물고기들도 분위기에 맞춰 힘차게 펄떡이는데, 무심하게 지나가다가 옷이 젖기도 했다. 그만큼 살아 있음을 느끼게 하는 곳이었다.

수산시장에 도착하기 전에는 졸린 눈을 겨우 비비며 왜 괜히 여기까지 꾸역꾸역 찾아왔나 싶었는데, 막상 5분, 10분 둘러보니 내가 너무 의욕 없는 사람처럼 느껴졌다. 어서 텐

선으로 중무장해 더 열심히 살아야겠다는 생각이 안 들 수 없었다. 수백 명 앞에서 외치는 강사들의 파이팅보다 이곳에서 직접 보고 느끼는 감동과 현장감이 수백 배는 더 뜨거웠다. 동시에 충분히 차갑기도 했다.

수산물을 거래하는 모습을 바라보는 시각, 내지르는 소리와 정다운 대화를 듣는 청각, 현장에서 바로 잡은 생선을 회쳐서 초고추장에 찍어 먹는 미각, 시장 입구에서부터 솟구치는 비릿한 냄새를 맡는 후각, 조금이라도 좋은 수산물을 얻고자 이리저리 바쁘게 다니는 사람들과 부딪치면서 느끼는 촉각까지, 오감이 쉼 없이 움직이는 시간이었다. 새벽에 생명이 깨어난다고 하더니 정말 그중에서도 새벽 수산시장에서 모든 생명이 기지개를 켜는 것이 아닌가 싶을 정도였다.

언젠가는 혼자서 산사에 다녀온 적도 있다.

땡땡땡. 적막한 산속에 사찰의 처마 끝에 대롱대롱 매달린 풍경소리만 들려왔다. 이에 하모니를 이루어 목탁소리가 이중주를 이룬다. 그런데 소리가 겹치기보다는 교묘하고도 절묘하게 빈 공간을 밀고 들어왔다. 그러다 보니 눈을 절로 감게 되고 호흡을 크게 들이쉬게 되었다. '아, 내가 원하는

곳이구나!'

번잡하고 소음으로 넘쳐나는 도시를 벗어나 한적하다 못해 밤이 되면 약간 무섭기도 한 사찰로 나는 숨어들었다. 누군가에게 잘 보이기 위해 멋을 냈던 옷들도 벗어서 차곡차곡 고이 접어 내 눈에 보이지 않는 곳에 밀어 넣었다. 갈아입는 옷은 몸에 무리를 주지 않는 편안한 옷이었다. 휴대폰도 잠시 꺼두거나, 역시나 보이지 않는 곳에 밀어 넣었다. 그러고는 다시 느꼈다. '아, 내가 원하는 곳이구나!'

휴식을 위한 템플스테이는 처음에 주의사항만 인지하고 나면 사찰에서 운영하는 프로그램에 참여해도 그만, 참여하지 않아도 그만이었다. 말 그대로 아무것도 하지 않아도 되었다. 대청마루에 앉아 둥둥 떠가는 뭉게구름을 하염없이 바라봤다. 시선을 약간 내리니 건너편 복숭아나무가 나를 바라보는 듯했다. 그렇게 둘이 눈싸움이라도 하는 듯 정적이 흘렀다. 그러다가 또 느꼈다. '아, 내가 원하는 곳이구나!'

풀밖에 없는 식사를 했다. 산나물이 우글거렸다. 익숙하지 않았다. 채식주의자가 아니기 때문에 쉽지 않은 식사시간이었다. 발우공양은 하지 않았다. 익숙하지 않기 때문이었다. 산자락에 앉자 해가 금세 지평선을 넘어갔다. 밤이 빨리도 찾아왔다. 할 게 없어서 잘 수밖에 없었다. 밤 열 시도 되지 않아 잠자리에 들었다. 도시에서 안 보이던 별들은 다 여기 하늘에 와 있었다. 별들도 도심의 미세먼지나 공해보다는 이곳의 신선한 공기가 더 좋겠지. 별들도 건강을 챙기는 것만 같았다.

베개에 머리를 대자마자 잠들었다. 푹 잠을 잘 자서 그랬는지 새벽녘 목탁소리가 생각 이상으로 또렷하게 들렸다. 불면증으로 고생하는 분들에게는 미안한 말이지만, 난 불면증이 뭔지 전혀 모른다. 이야기는 많이 들었어도 경험해본 적이 없으니 뭐라 대꾸할 수도 없다. 이런 거 보면 정말 간접경험보다 직접경험이 얼마나 중요한지 알 수 있다. 여하튼 아메리카노를 한 잔 마셔도, 투 샷 에스프레소를 마셔도 바로 곯아떨어진다.

새벽 3시 30분에 기상했다. 108배를 했다. 자리에 앉고 엎드리고 일어나기를 반복하는 것이 뭐 그리 힘들겠냐고 한다면 직접 해보라고 말하고 싶다. 한겨울에 해도 온몸이 땀으로 흠뻑 젖는다. 그러고는 아침식사를 먹었다. 운동을 해서 그런지 입맛이 살아 있었다. 역시 산나물 찬이었다. 나물, 나물, 나물, 나물, 나물, 뒷산에서 나물 귀신이 내려올 것만 같았지만 감사한 마음을 담으니 맛이 좋았다.

아무것도 하지 않고 시간을 보냈는데도 내 가슴과 영혼이 뭔가로 꽉 채워지는 느낌이었다. 그래, 버려야 비울 수 있는 거니까. 곪아서 터지기 직전인 것들을 탈탈 털어내야 새로운 것들을 하나둘씩 채울 수 있다. 그 과정을 산사에서 경험했던 것이다.

나는 이런 경험들을 20대에 다 해봤다. 재미있으면서도 삶에 도움이 되는 이야기들이 좀 더 있지만 다음에 기회가 될 때 나머지는 풀어보려고 한다. 너무나 생기가 넘쳐 하루 종일 그 에너지를 받아 텐션을 높일 수 있는 곳부터 아무것도 하지 않았는데 모든 것을 해버린 것만 같은 곳까지 조금이라도 일찍 경험할 수 있어서 나는 행복하다. 이런 추억이 바로 내가 누릴 수 있는 영광이자 기쁨 아니겠는가. 그 기억들을 떠올리며 나는 살아 있음을 깨닫는다.

스물 청춘들도 에너지가 되는 경험들을 차곡차곡 쌓을 수 있기를 바란다. 그것이 나쁜 경험이었다면 그러지 않기 위해 노력하면 되는 것이고, 좋은 경험이었다면 다시 한 번 그렇게 함으로써 또 다른 기쁨을 느끼면 그만이다.

누군가 묻는다. "스무 살로 돌아가면 뭘 해보고 싶어?" 나는 이렇게 답한다. "굳이 돌아가지 않아도 괜찮아. 나는 지금의 내가 좋거든. 한 번도 지난날의 나에 대해 실망하거나 후회하지 않아. 그때의 내가 지금의 나를 만들었으니까." 당당함, 자존감, 자신감까지 그때의 내가 만들어주었기 때문에 지금의 나는 이렇게 잘 살아가고 있다.

"고맙다, 나의 첫 번째 스물이여!"

스물 청춘들도 에너지가 되는 경험들을 차곡차곡 쌓을 수 있기를 바란다. 그것이 나쁜 경험이었다면 그러지 않기 위해 노력하면 되는 것이고, 좋은 경험이었다면 다시 한 번 그렇게 함으로써 또 다른 기쁨을 느끼면 그만이다.

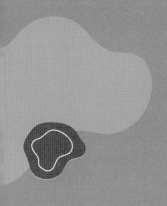

Chapter 5

가슴속 영원히
푸른 봄을 간직하려면

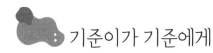

기준이가 기준에게

2016년 2월. 내 생일을 전후해서 나에게 무슨 선물을 할지 고민하고 있었다. '기준이가 기준에게' 정도 되는 거창한 타이틀을 달고 나에게 선물하겠다고 마음먹었다. 그런데 마흔이 넘어버리니 딱히 갖고 싶은 것도 없었다. 어느 순간부터는 생일 파티를 벌일 생각조차 하지 않는다. 30대 중반까지만 해도 생일 파티를 하며 그나마 남은 최후의 미혼 친구들도 부르고, 넋두리가 필요한 기혼 친구들도 부르고, 생일 선물도 받고, 친구들이 부르는 생일 축하 노래를 쑥스러워하는 표정으로 들으며 하루를 보냈다.

하지만 해가 거듭할수록 생일 파티에 대한 애착이 서서히 없어지기 시작했다. '귀차니즘'만 쓰나미처럼 몰려왔다.

그리고 이런 생각마저 들었다. '어휴, 별모레 마흔인데 생일은 무슨 생일.' 마음가짐에 따라 나이가 더 들 수 있다고 하지만 내가 그런 생각을 하게 될 줄은 몰랐다. 2016년 생일역시 그냥 그렇게 혼자서 보낼 줄만 알았다. 그런데 내가 나에게 선물이라도 줘야겠다는 생각을 하게 된 것이었다.

영화 〈동주〉를 관람했다. 낮 시간에 홀로 극장을 찾았다. 영화관에서 티켓을 사고 극장 안으로 들어갔다. 팝콘과 콜라는 사지 않았다. 그냥 마음 편하게 차분하게 영화에만 집중하고 싶었기 때문이다. 배우 강하늘과 박정민에게는 별로관심이 없었다. 다만 이준익 감독이 근대사를 다루었다는 그 자체로 기대감이 컸다. 〈왕의 남자〉가 있었으니까.

객석에 앉아 있을 때 나란 존재는 감정에 최대한 솔직해진다. 힐끗 쳐다보는 사람조차 없을 테니 눈물을 쏟고 싶으면 무한대로 쏟아내고, 웃고 싶으면 옆 사람이 민망해할 정도로 박장대소를 뿜어내곤 한다. 오죽 했으면 너무 웃느라두 번 다시 같이 영화 보고 싶지 않다며 영화관람 절교를 선언한 친구까지 있을까.

그날도 감정이 고스란히 드러났지만 눈물을 쏟아내진 않고 삼키기만 했다. 아니, 그러지 못 했다. 극장 문을 나서며

이대로 끝낼 수 없다는 생각이 들었다. 이 영화를 110분 동안 관람하고서 그냥 머릿속에 추억으로만 남겨둘 수는 없었다. 독립투사도 아니요, '국뽕'에 취해 대한독립만세를 부를 만한 위인도 절대 아니지만, 그 순간의 뜨거운 감정을 지워버릴 수 없었다. 바로 그때 내가 나에게 어떤 생일 선물을 할지 결정했다.

등 뒤에 윤동주의 〈서시〉를 타투로 새기기로 했다.

잎새에 이는 바람에도 나는 괴로워했다

…

별을 노래하는 마음으로
모든 죽어가는 것을 사랑해야지

그리고 나한테 주어진 길을
걸어가야겠다

오늘 밤에도 별이 바람에 스치운다

타투는 너무 아프다. 아파도 너무 아프다. 재봉틀 바늘이 몇 시간 동안 나의 살갗을 쉴 새 없이 파고드는 느낌이라면 감이 올까. 지금도 그 아픔이 어렴풋하게나마 느껴진다. 오히려 그래서 타투를 했다. 그 고통을 감수하면 웬만한 삶의 고통은 참을 수 있을 것만 같았다. 좋았다. 그 기분을 간직할 수 있다는 것이. 정말 무일푼 혈혈단신으로 상경해 지금까지 잘 살고 있지 않은가. 하지만 그 사이에 겪었던 숨기고 싶은 아픔과 배신, 상처, 그림자, 고통, 미움, 서러움 등은 말로 쉽게 표현하기 힘들다. 나만이 간직하고 절대 열고 싶지 않은 판도라의 상자 같은 감정들이다.

지인들은 처음에 타투를 하게 된 나를 이해하지 못했다. 이해를 바라거나 우기거나 설득하지도 않았지만 지금은 하나둘씩 알아서 이해하기 시작했다.

이 시를 꼭 등에 새기고 싶었다. 잘 보이지 않는 등에 새겨야만 했다. 언제든 눈에 바로 띄는 감정으로 품고 싶진 않았다. 소중했던 감정이라 잘 보이지 않는 곳에 고이고이 숨겨두고 싶었던 것이다. 그 감정을 들춰내려면 거울이 있어야 겨우 가능하고, 그것도 보려고 애를 써야 겨우 볼 수 있는 그런 미증유의 감정이었다.

그 후 어느 유명 저자가 집필한 10권짜리 근대사 책을 세트로 구입했다. 차근차근 읽어나갔다. 단편적으로나마 알고 있던 아픔의 역사가 퍼즐처럼 착착 맞아 들어갔다. 전체를 다 읽었더니 마치 스핑크스의 수수께끼를 풀어낸 기분이었다. '아, 이랬구나. 우리나라가 이렇게 지금에 이르렀구나.'

　　유럽에 친구들이 있다. 그들은 오랜 역사에 대한 자부심이 컸다. 제2차 세계대전을 거친 아픔의 역사와 그 증거들도 소중하다고 자신 있게 말하곤 했다. 우리나라에 대해서도 물었다. 내가 알고 있는 모든 역사적 지식을 부족한 영어로나마 조곤조곤 풀어냈다. 나의 의중을 100퍼센트 이해하지는 못하겠지만 그래도 고개를 끄덕였다. 식민지의 역사를 품고 있던 친구들과 함께 우리끼리 고개를 끄덕였다. 몇몇 나라의 친구들은 얼굴을 붉히기도 했다.

　　그랬다. 죽는 날까지 하늘을 우러러 한 점 부끄럼 없이 살고 싶다. 요즘 같은 글로벌 시대에 군이 '내 나라'로 나눌 필요가 뭐가 있으며 국가가 나한테 그동안 뭘 해줬는데, 하는 말도 주위에서 종종 듣곤 한다. 하지만 바이러스로 전 세계가 패닉 상태에 빠져버린 요즘 국가의 중요성에 대해, 내 나라의 품격에 대해, 이 땅의 고마움에 대해 다시 한 번 생각하게 된다.

그래서 역사책을 자주 읽으려고 노력한다. 한 권 한 권에서 소개하는 이야기를 읽을 때마다 가슴이 찌릿하기도 하고 속이 다 후련하기도 하다. '국뽕' 영화라며 비난하는 목소리가 많을지라도, 영화 〈명량〉이 여전히 관객 동원 1위를 굳건하게 지키는 데는 다 이유가 있을 것이다. 심지어 이 영화는 아버지와 유일하게 관람한 영화이기도 하다.

스물 청춘에게 다른 공부도 중요하지만 역사 공부를 게을리하지 말라고 당부하고 싶다. 너무 바쁘다면 요즘 TV에서 역사 예능도 방영되고 있으니 그거라도 놓치지 말았으면 한다. 역사를 잊은 나라에는 미래가 없다. 나는 역사학자나 미래학자가 아니기에 그 맥락과 흐름을 100퍼센트 이해할 수는 없지만, 과거는 현재를 지나 미래에까지 닿아 있다는 사실은 받아들인다.

어찌 보면 한 나라는 우리가 늘 숨 쉬는 '공기'와 다름없다. 그 공기가 없다면 어떻게 될까. 늘 여기에 살고 있어서 우리는 전혀 신경 쓰지 않고 있지만 나라가 어느 순간 사라진다면 어떻게 될까. 우린 공기도 그렇고 나라도 그렇고 사라질 것이라 단 한 번도 생각하지는 못하지만 혹시라도, 만에 하나라도, 100억 분의 1의 가능성으로 정말 사라진다면 어떻게 될까. 나도 없고, 너도 없고, 우리도 없어질 것이다.

가벼운 마음으로 역사 공부, 아니 그냥 역사책 한 권이라도 읽어보라고 권한다. 아니면 팟캐스트나 오디오클립, 오디오북 등을 찾아봐도 좋다.

2016년 2월 '기준이가 기준에게' 선사한 생일 선물이 너무나 고맙다. 영원히 나에게서 떠나지 않을 선물이 되었다.

내가 나에게 어떤 생일 선물을 할지 결정하자.

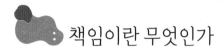

책임이란 무엇인가

우리는 같은 왕의 밑에 사는 것이 아니다. 자기 일은 각자가 처리할 일이다.　　　　　　　　　　- 세네카

각자가 자기의 문 앞을 쓸어라. 그러면 거리의 온 구석이 청결해진다. 각자 자기의 과제를 다 하여라. 그러면 사회는 할 일이 없어진다.　　　　　　　- 괴테

자기의 책임을 방기하려 하지 않으며 또한 그것을 타인에게 전가시키려 하지도 않는 것은 고귀하다.

　　　　　　　　　　　　　　　　　- 니체

군자는 자기에게 책임을 추궁하고 소인은 남에게 추
궁한다.   - 공자

책임감이 있는 이는 역사의 주인이요, 책임감이 없는
이는 역사의 객이다.   - 안창호

사랑과 창의력과 책임감을 수반하는 고통은 또한 기
쁨을 주기도 한다.   - 칼릴 지브란

책임과 권위는 동전의 양면과 같다. 권위가 없는 책
임이란 있을 수 없으며 책임이 따르지 않는 권위도
있을 수 없다.   - 막스 베버

오늘의 책임은 회피할 수 있지만 내일의 책임은 회피
할 수가 없다.   - 톨스토이

모든 권리에는 책임이, 모든 기회에는 의무가, 소유
에는 그에 상응하는 임무가 따른다.   - 록펠러

99도까지 열심히 올려놓아도 마지막 1도를 넘기지 못
하면 영원히 물은 끓지 않는다. 물이 끓기 전 마지막 1
도, 포기하고 싶은 그 1분을 참아내는 것이다. 이 순간
을 넘어야 그 다음 문이 열린다. 그래야 내가 원하는
세상으로 갈 수 있다.   - 김연아

나의 이야기를 글로 쓸 때마다 궁금해지는 게 있다. 과연
이런 나의 이야기가 누군가의 삶에 조금이나마 변화를 줄
수 있을까. 나는 과연 가치 있는 글을 쓰고 있는가에 대한
의문 말이다. 오히려 유명 철학자, 작가, 방송인 들의 명언들
을 처음부터 끝까지 종이 위에 와글와글 써두는 편이 낫지
않을까 하는 소심함도 생긴다.

글을 쓸 때는 최대한 집중하고 고결한 마음을 놓지 않으
려고 끝까지 애를 쓰지만, 단순히 나의 글들이 종이 낭비나
시간 낭비가 되는 것은 아닌가 하는 두려움이 스멀스멀 몰
려올 때가 많다. 그만 써야 하나, 싶은 심적 부담감이 몰려온
적이 한두 번이 아니다. 그만큼 글을 쓴다는 것은 나를 힘들
게 하는 과정이다. 무거운 책임감도 따른다.

그렇지만 가끔, 아니 가끔보다는 조금 더 종종 SNS를 통

해, 북콘서트를 통해, 온라인서점 리뷰를 통해 작게나마 힘을 냈다는 글들을 볼 때마다 크게 한숨을 내쉬며 안도하게 된다. 나는 '악플'에 의연할 거라고 숱하게 다짐하지만 사람의 마음은 언제나 유리보다 약해 쉽게 부서지나 보다. 물론 깨진 유리들은 잘 모아서 휴지통에 분리수거해 버리고, 다시 강철유리로 나를 감싸며 보호한다.

글을 쓰면서, 하루하루 살아가면서 '책임감'은 언제나 그림자처럼 나를 따른다. 사람과 사람이 살아가는 세상에 우리는 살고 있기 때문이다. 직장에서 팀원 또는 거래처와 언제까지 일을 마무리하겠다는 약속, 이번에 시험을 잘 봐서 나의 미래를 좀 더 밝게 만들겠다는 다짐, 가족 간 역할 분담까지. 책임과 그 책임감은 언제나 우리 곁을 감시한다. 비록 철학자들은 이 단어를 심오하게 분석하고 비평했지만, 책임감이란 딱 그냥 우리가 떠올리는 그 단어 자체가 다다.

고향에서의 평온했던 삶을 뿌리치고 서울로 도망치듯 올라왔던 그 순간이 다시 떠오른다. 내가 엄청나게 성공할 것이라 굳게 믿으며 이곳으로 달려왔던 것은 아니었다. 다만 하고 싶었던 뮤지컬을 한 번은 하고 죽어야겠다는 간절함이 컸다. 무대 위에 서서 스포트라이트를 받으며 나를 빛내고 싶었을 뿐이다.

하지만 그런 행동은 많은 책임감을 요구했다. 당장 살 곳, 먹기 위한 일, 입고 다녀야 할 옷들까지, 감내해야 할 일들이 하나둘이 아니었다. 그냥 불확실한 미래를 위해 나의 모든 것을 던져야 했던 것이다. 뮤지컬과 직접적으로 연관이 있는 공부를 했던 것도 아니었기 때문에 어떻게 목표에까지 도달할지 더욱 막막하기만 했다.

나와의 약속이자 이렇게 꼭 한 번은 살아보고 싶다고 말한 가족과의 약속이 있었기 때문에 그 책임감은 막중했다. 결국 뮤지컬 배우로서의 삶을 몇 년 간 누려봤기 때문에 지금에야 당시의 삶이 아름다운 추억이 되었지만, 그때만 해도 고통은 어마어마했다. 어휴, 어찌나 배고프고, 어휴, 어찌나 모든 일에 눈치만 보이던지.

그래도 지금 이 자리에서는 피식, 하고 웃게 된다. 가끔씩 생각해본다. 우리는 타인과의 약속을 책임감 있게 완수해내려고 노력한다. 물론 완수해내지 못한 자신을 스스로 탓하거나 타인이 비난할 수도 있을 것이다. 혹시 나와의 약속이나 믿음은 책임감 있게 해내고 있을까. 연초면 늘 기도하며 다이어리에 써내려가는 올해의 버킷리스트들을 한 가지라도 성공해내고 있는가. 사실 나와의 약속이 제일 중요한 건데. 나는 영원히 나와 살아가기 때문이다. 나와의 약속을 저버리는데 어떻게 타인과의 약속을 잘 지킬 수 있을까. 나와의 약속을 저버리는 것은 한 걸음 후퇴하는 것과 같다. 그러니 책임감에 앞서 나와의 약속들에 대해서 한 번쯤 생각해보는 시간이 있기를 바란다.

위에 책임감에 관한 명언들을 적어보았다. 지금 여기서 나는 나와 약속한다. 언젠가 충분히 필적할 만한 명언을 내 이름으로 남기겠다고. 책임감 있게 살아온 나의 모습을 자신 있게 보여주고 싶다. 그런 사람이 되고자 오늘도 이곳에 한 글자, 두 글자, 한 줄, 두 줄, 한 문단, 두 문단 꾸준히 써나간다. 다시 피식, 하고 웃게 되는 그날까지.

하루하루 살아가면서 '책임감'은 언제나 그림자처럼 나를 따른다. 사람과 사람이 살아가는 세상에 우리는 살고 있기 때문이다.

이기적인 너를 응원한다

어제 하루를 떠올려보자. 잘 모르는 누군가든 잘 아는 누군가든 바로 그 누군가를 위해서 굳이 하지 않아도 되는 일을 한 적은 없는가. 개인적으로 시간을 냈거나 경제적으로 비용을 지출한 그런 일들 말이다. 하지만 부탁을 거절할 수밖에 없는 순간도 있었을 것이다. 부탁을 거절하면서도 힘겨워하고, 미안해하고, 마음 아파했을 그런 순간 말이다.

사람은 기본적으로 타인을 대할 때 이타적이거나 이기적이거나 두 가지 행동양식을 보이게 된다. 하지만 내면에서는 항상 이러한 질문들이 충돌을 일으킬 것이다. '굳이 할 필요 없는데 어떻게 싫다고 거절하지. 그래도 거절해야겠지?' '아, 꼭 도와줘야겠지. 그래야 내가 좋은 사람으로 보이겠지?'

둘 다 잘못이 아니다. 사람은 충분히 이타적일 수도 이기적일 수도 있다. 이기적인 사람들의 특징을 몇 가지 살펴보자. 우선 이기적인 사람들은 건설적인 비판을 받아들이지 않는다. 타인이 자신을 낮게 평가할 것이라며 불신하기 때문이다. 그러니 상대가 "너 요즘 이런 행동들 조심하는 게 나을 듯해" 말하면 방어하게 될 것이다. "사실 그럴 수밖에 없는 상황이었어" 하면서.

자신이 모든 것을 누릴 자격이 있다는 믿음도 이기적인 사람들에게서 종종 발견된다. 남의 말에 귀를 기울이지 않는 태도도 그런 사람들의 특징이며, 겸손이 부족하고 위험을 감수하길 두려워하는 모습도 마찬가지다. 전부 이기적인 사람들의 행동과 특징인 게 틀림없다.

한편, '좀 이기적이면 어때' 싶을 때가 있다. 남들의 비판을 경청하기는 하지만 내 방식대로 결론 좀 내리면 어떤가. 세상을 뒤집어버린 수많은 발견과 발명이 타인의 말을 그대로 따라 해서 생긴 것들은 절대 아니다. 고집도 있고 믿음도 강했던 사람들이 세상을 바꾼 것이다.

비록 누릴 것이 없을지라도 세상의 모든 것을 누릴 자격이 있다고 믿는 것만으로도 충분히 행복할 수 있다. 요즘같이 삶이 팍팍하고 어려울 때 그런 생각을 하는 것만으로도 자존감이 높아지고 행복이 당장 찾아올 것만 같다. '믿는 만큼 이루어진다'고 하지 않았던가. '소확행'이라는 것이 따로 있는 게 아니지 않을까. 영화 〈타이타닉〉에서 주인공 잭은 타이타닉 호 제일 앞에서 양팔을 벌리고 서서 이렇게 외친다. "나는 세상의 왕이다." 이런 마음을 먹었다고 해서 그를 이기적이라고 비판할 사람은 아무도 없다. 그런 믿음만으로 그는 충분히 행복하고 모든 것을 가진 것이 사실이다.

남의 말에 귀를 기울이지 않는 것도 때에 따라서는 충분히 가치가 있으며, 겸손 부족 또한 이유 없이 비난만 할 수 있는 것은 아니다. 소위 말해 싸가지가 좀 없어 보이면 어떠랴. 상대가 나를 함부로 대하지 않을 것이다. 겸손이 부족하다고 말을 듣기 전에 충분히, 열심히, 잘하는 사람이 되어 있으면 그만 아니겠는가. 이런 마음가짐도 분명 필요하다.

남들에게 인정받을 만한 위치에 있으면서 '어느 정도' 겸손이 부족해 보이는 거, 인정할 부분은 인정하는 것만으로도 스트레스가 사라지고 속이 편해질 것이다. 영화 〈악마는 프라다를 입는다〉에서 패션업계 최고 아이콘인 미란다에게는 누구도 함부로 대하지 못한다. 물론 미란다의 태도는 도를 넘어선 면이 없지 않지만 말이다.

위험을 감수하길 두려워하는 것은 사실 모두가 마찬가지다. 위험한 상황에 내던져지고 싶은 사람이 누가 있겠는가. 숱한 탐험가들이 존재하지만 일반적으로 생각해볼 때 과연 누가?

그렇다면 결론은 '적당히' 이기적이어도 된다는 것이다. 왜 도대체 사람들은 이기적이어도 된다는 말에 죄책감을 갖고 어려워하는 것일까. 한때 '행복한 이기주의자의 10계명'이 꽤 유행했었다.

1. 남보다 먼저 자신을 사랑하라.

2. 다른 사람의 눈치를 보지 말라.

3. 자신에게 붙어 있는 꼬리표를 떼라.

4. 자책과 걱정은 버려라.

5. 미지의 세계를 즐겨라.

6. 의무에 끌려다니지 말라.

7. 정의의 덫을 피하라.

8. 결코 뒤로 미루지 말라.

9. 다른 사람에게 의존하지 말라.

10. 화에 휩쓸리지 말라.

더없이 이기적으로 보이는 메시지일 것이다. 하지만 이렇게 하는 것만으로 충분히 행복해질 수 있다는 것이다. 타인에게 피해를 주지 않는 선에서, 나에게 스트레스가 몰려오지 않는 선에서 더없이 이기적이어도 상관없다. 그러니제발 당당하게, 행복하게, 이기적이었으면 한다.

하지만 앞뒤 가리지 않고 이기적이 되어서는 절대 안 된다(이 표현도 너무 싫어하지만 어쩔 수 없이 써야겠다.). 요즘 젊은이들은 과하게 이기적일 때가 많다. 상대를 배려하기는커녕상대에게 피해를 주면서까지 그런 모습을 보일 때가 있다는것이다. 그러지는 않았으면 좋겠다.

이기적인 행동에도 책임이 따라야 하고, 그에 맞춰 조심해서 행동했으면 한다. 아무리 본인 자유라도 지켜야 할 것들이 분명 있기 때문이다.

나는 '행복한 이기주의자의 10계명'에 맞게 행동해왔는지생각해본다. 그런데 8번 '결코 뒤로 미루지 말라'는 지키지못한 적이 자주 있었다. 솔직히 고백하겠다. 나머지 9계명은 꽤나 잘 지켜온 것만 같다. 나는 나부터 사랑한다. 그리고 내 주위에 있는 것들을 사랑한다. 그렇게 해야 타인을 사랑할 수 있다는 사실을 철석같이, 꿀떡처럼 믿는다.

뮤지컬 배우로 생활했던 당시, 눈치를 너무 많이 봐서 스스로 나의 자신감을 갉아먹었던 기억 때문에 눈치 보지 않고 당당해지려고 꽤나 노력했다. 어렵게 배우 생활을 하는 동안 사기도 당하고, 돈도 잃고 했지만 나를 자책하거나 넘어지지 않았다. 절망의 늪에 빠져 나를 망가뜨리지도 않았다. 분명히 방법이 있었던 것이다. 그 방법을 먼저 찾는 것이 중요했다. 그래서 눈물을 흘릴 필요가 있으면 얼른 충분히 눈물을 흘리고, 화를 낼 필요가 있으면 역시나 빨리 많이 화를 내고 끝냈다. 그러고 나서 문제를 해결하기 위해 고민했던 것이다.

무조건 정의로운 사람이 되는 것도 싫었다. 우리는 숱하게 많은 히어로 영화들을 관람해왔다. 특히 〈스파이더맨〉을 보면서 느끼는 바가 많을 것이다. 정의로운 사람이 된다는 것이 얼마나 피곤하고 나를 힘들게 하는지를 말이다. 나는 늘 가난하고 직업도 변변찮은데 히어로라는 이유로 남들을 돕고 나를 희생하는 것이 과연 옳은 것인가에 대해 이 영화는 이야기한다.

평범하게 사는 게 사실 알고 보면 가장 즐겁고 편하다. 내가 할 수 있는 만큼 충분히 할 수 있는 나도 충분히 멋지다. 이렇게 살아가도 괜찮다고 말해주고 싶다. 지금 스물 청춘이 하고 있는 것들, 아니 하고자 하는 것들에 대해 충분히 믿음과 신뢰를 가지길 바란다. 오직 나만 생각해보자. 내 마음이 천국이면 세상이 천국이 된다. 그러니 그것만으로 충분하다. 물론 타인에게 피해를 주지 않는 선에서 고민해봐야 할 것이다.

'적당히' 이기적이어도 된다.

네 것도 뺏길 줄 알아야

　한국인의 독서 시간은 하루 평균 6분, 그중에서도 성인 10명 중 3명은 1년에 단 한 권의 책도 읽지 않는다. 스마트폰에 빠진 인류를 위해 전자책이 발명되었어도 그것마저 읽지 않는다. 혹시나 해서 읽지 않고 듣기라도 하면 어떨까 해서 오디오북까지 발명되었다. 하지만 여전히 독서는 늘지 않고 있다. 무엇이 문제일까. 왜 읽지 않는 것일까.

　스마트폰 때문에 '고개 숙인 사회'에 살게 된 우리들. 지하철에서, 버스에서, 식당에서, 커피숍에서 스마트폰만 열심히 들여다본다. 딱히 볼 것도 없는데 말이다. 시간 때우기 용으로 유튜브를 들여다보고, 인터넷 검색만 한다. 그러다 보면 시간은 훌쩍 가버린다. 눈이 바쁜 만큼 손가락도 바쁘다.

정보를 수집하는 시간은 빨라졌지만, 이에 집중하기는 힘들다. 그러는 동안 우리의 지적 능력은 점점 퇴화되고 있다. 기술의 비약적인 발전이 우리 눈앞에 엄청난 양의 지식을 떡 하니 만찬처럼 한 상 차려놓지만, 깊은 사유를 통해 만들어지는 지식의 질은 오히려 빈곤해졌다. '풍요 속 빈곤'이라고 할까.

이럴 때마다 독서의 중요성은 지나치지 않을 만큼 강조된다. 이제는 지겨울 만큼 말하고 또 말하는데도 왜 이렇게 변화 또는 발전은 더딘 것일까. '읽기'가 아니라 단지 '보기'에 가까운 행위로만 넘어가는 우리의 지식 습득 행위. 어느 연구결과에 따르면 우리나라 고학력자들의 문서 문해력이 OECD 국가 가운데 최하위로 밝혀졌다. 읽고는 있지만 아니, 보고는 있지만 뜻을 이해하지 못하는 사람이 많다는 뜻이다. 이렇게 말하면 무안해지지만 사실 딱히 새롭거나 놀랍지도 않다.

사실 우리는 많은 책들에 커다란 빚을 지고 있는 것이 사실이다. 더 거슬러 올라가면 많은 학자들에게 빚을 지고 있는 것이기도 하다. 피와 땀, 눈물 그리고 무한의 시간을 투자하여 습득한 지식의 총합을 한 권의 책으로 만들어낸 것 아닌가. 그리고 그 책을 후대에 많은 이들이 지식으로 쌓고 지혜로 엮어 더욱 발전된 삶을 꾸려나갔으면 하는 바람을 담지 않는가.

인류 문화유산인 책을 많이 읽고 아껴야 한다고 말하면서도 뭔가 찝찝한 감이 없지 않다. 역사적 사명이나 문화의 중흥과 같은 표현은 '라떼나' 썼을 단어들의 조합이기 때문이다. 과연 어떻게 설득해야 할지 헷갈린다. 결국 무조건 책을 읽어야 한다며 잔소리 같은 말만 늘어놓거나 공부하라고 닦달하면서 꼰대를 자청하는 건 아닌지 모르겠다는 것이다. 너무나도 조심스럽기만 하다. 솔직히 '너무나 좋은데, 참 좋은데, 설명할 방법이 없네' 딱 이런 심정이다.

책을 통해 세상의 지혜를 뺏었다면 네 것도 뺏길 줄 알아야 한다. 뭔가 아주 있어 보이고 대단한 말처럼 보인다. 하지만 사실 이 말은 단순히 '독서'를 의미한다. 내가 책을 읽고 좋았으면 다른 누군가가 그 책을 읽을 수 있도록 소개하고 선물하라는 의미다. 그래서 나비효과처럼 그 책의 지식과 지혜가 널리널리 퍼져나갔으면 하는 바람이다.

어느 날 세종대왕은 신하들을 소집한다. 그러고는 이렇

게 말한다.

"너희들은 나이가 젊고 장래가 있으니 오늘부터 집현전에 출근하지 말고 오직 독서에만 전념하여 성과를 내도록 하여라."

자택 독서를 유급휴가로 줄 터이니 그동안 직무에 시달리느라 읽지 못한 책들을 마음껏 읽고서 복귀하라는 의미였다. 눈이 휘둥그레질 만한 제안이었다. 당시에는 스마트폰도 없고 영화관도 없고 TV도 라디오도 없었으니 그냥 무작정 책만 읽으라는 어명은 천국의 속삭임과 다름없었을 것이다. 휴가 때마다 책을 한 보따리 짊어지고 떠난다는 어느 글로벌 기업 CEO나 대통령이 떠오르기도 한다.

이 제도는 세조에 의해 폐지되었다가 성종에 의해 부활했다. 이때 바로 상설 국가기구인 '독서당'이 등장한다. 1491년 지금의 용산 자리에 독서당이 열렸으며, 이후 옥수동 부근으로 옮겨 '동호 독서당'이라 불리게 되었다. 동호대교가 바로 동호 독서당에서 유래했다고 한다.

이처럼 조선시대에는 나라에서 임금이 직접 독서를 장려

하고 유급휴가까지 하사했을 정도로 독서의 가치를 소중하게 받아들였다. 지금에야 세상이 많이 달라져서 그만큼 엄청난 양의 독서를 할 여유가 없다. 시간에 쫓기고 회사 일, 학교수업에 허덕이다 보니 도무지 시간이 나지 않는다. 하지만, 역시나 또 꼰대 같은 말일 수 있지만, 스마트폰 들여다볼 시간에 잠시라도 정말 잠시 잠깐이라도 책을 '읽었으면' 한다.

내실이 튼튼하지 않은 사람은 결코 어려움이나 힘든 상황을 지혜롭게 이겨내지 못한다. 그냥 쉽게 무너져버리는 것이다. 책은 스물 너의 삶에 주춧돌이자 중심이 되어줄 것이다. 단순히 한 줄, 한 권으로는 느끼지 못한다. 내 육체에, 가슴에, 영혼에 조금씩 쌓아가야 한다. 그렇게 쌓인 결과로 스물 너는 더욱 단단해진 자신을 발견할 수 있을 것이다.

무턱대고 책 읽으라고 강요하고 싶지 않다. 세상을 둘러보면 독서보다 재미있는 것이 얼마나 많은가. 하지만 독서는 재미로 하는 것이 아니다. 나를 위해 하는 것이다. 재미로 하는 것이 아니어서 더욱 어렵게 느껴질 수도 있겠지만, 첫 번째 스무 살을 지나 두 번째 스무 살까지 올바르게 나를 만나러 가는 길이기에 놓칠 수 없다.

만화책이어도 상관없다. 만화책 중에서도 철학적 깊이와 인문적 지식이 뛰어난 책들이 무진장 많다. 동화책도 좋다. 쉬운 책부터 시작해야 어려운 책으로 넘어갈 수 있기 때문이다. 공부를 할 때도 기초부터 탄탄하게 다져나가야 하잖나. 제발 오늘은 책 한 권 '읽어주었으면' 하는 바람이 크다. 한 권을 읽는 데 시간이 좀 오래 걸려도 상관없다. 잠깐 읽다가 창밖을 하염없이 바라봐도 좋다. 조선시대 선비들도 책을 읽다가 지겨워지면 강변에 나가서 뱃놀이도 즐기며 휴식을 취했다고 하니까.

매일 조금씩 반복하다 보면 어느 순간 나도 모르게 독서가 생활이 되고, 호흡이 되고, 밥 한 끼 먹는 것처럼 당연해질 것이다. 그런 스물 청춘이 한 명, 두 명 늘어나는 모습을 본다면 이 글이 충분히 의미를 갖게 될 것이다. 그리고 보니 나도 그렇게 책을 읽기 시작했다. 빈 시간에 할 게 없는데 심심한 마음에 만화책도 읽고, 동화책도 읽고, 자기계발서도 읽고, 인문서도 읽고, 철학책도 읽다 보니 여기까지 이른 것이다. 책을 편집도 하고 직접 글도 쓰면서.

시작이 어렵지 하다 보면 충분히 재미를 느낄 수 있을 것이다. 나 또한 시작이 어려웠지만 지금은 늘 습관처럼 책 한 권을 들고서 외출한다. 최근에야 전자책이 있으니 스마트폰 보는 셈치고 책을 읽고 음악을 듣는 중간에 오디오북을 듣기도 한다. 이것도 나름 재미있다.

이 글을 다 쓰고 나면 뒷산 가서 새소리, 바람소리 들으며 책이나 읽어야겠다. 빈둥거리며 책 읽는 나는 신선놀음을 하고 있는 것인지도 모른다. 아니다, 내가 진짜 신선이려나. 여기가 현실인지 꿈인지 헷갈리기 시작한다. 오늘도 유유자적이나 해야겠다.

책을 통해 세상의 지혜를 뺏었다면 네 것도 뺏길 줄 알아야 한다.

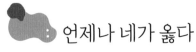 # 언제나 네가 옳다

　어른은 사회인으로서 책무를 다해야 하고 성인으로서 자부심을 가져야 한다고 한다. 다 자란 사람이기도 하며 다 자라서 자신의 일에 책임을 질 수 있는 사람이기도 하다. 나이나 지위나 항렬이 높은 사람이며 결혼한 사람도 이에 속한다 (사전에는 이렇게 정의되어 있지만 결혼 부분은 삭제해야 하지 않을까 싶다. 너무 옛날 옛적 호랑이 담배 피던 시절에 정의된 것만 같다.). 지극히 사전적인 의미에서 어른을 이렇게 정의할 수 있겠다. 통념적으로 스무 살을 전후로 어른과 청소년으로 구분된다. 정확히는 만 18세 또는 19세에 성인이 되었음을 만천하에 선포하지만 그냥 일반적으로 그렇다는 의미다.

　하지만 우리는 '어쩌다 어른'이 된다. 그러다가 '아무튼 어른'으로 하루하루를 살아내고, '하마터면 어른'이 될 뻔했다고 식겁하기도 한다. 물론 이미 어른이 되었는데 후회한다고 돌아갈 순 없는 노릇이다. 시간은 앞으로만 나아가지, 뒤돌아 오지 않는다.

내가 준비가 되어 있든 그렇지 않든 누구나 '저절로 어른'이 된다. 하지만 어른이 되면 무엇을 해야 하는지, 어떻게 살아가야 하는지, 왜 어른이 되어야만 하는지에 대해 속 시원하게 가르쳐주는 사람은 없다.

혹시라도 부모님께 물어보면 이런 대답을 들을 것이 뻔하다.

"어휴, 뭐 그냥 살면 되지. 닥치는 대로 사는 거야. 특별한 건 없단다. 밥이나 먹자."

(나는 속으로) '그래도 뭔가 준비해야 하지 않나요?'

선생님은 이렇게 말씀하실 것이다.

"대학 가서도 열심히 공부해. 그러면 앞길이 알아서 탄탄대로가 되는 거야."

(나는 속으로) '대학 가야만 어른이 되는 건가요. 혹시라도 대학 가지 못했거나, 안 가는 친구들은요?'

친구들에게 물어보면 그들도 고개를 갸웃거릴 것이다.

"글쎄, 우리 누나는 연애하느라 바쁘기만 하던데. 그게 어른이 된 거 아닐까. 마음껏 눈치 보지 않고 연애할 수 있는 특권 말이야."

(나는 속으로) '아, 어른이 된다는 것은 연애를 마음껏 할 수 있다는 뜻이구나.'

"우리 형은 보니까, 매일 밤늦게 들어오던데. 그렇게 들어와도 부모님이 뭐라 하지도 않아서. 대학생 되니까 그냥 알아서 뭘 해도 만사 '오케이'라니까. 부럽다."

(나는 속으로) '귀가 시간도 마음껏 정할 수 있다는 거지? 오케이.'

"허락도 받지 않고 마음대로 뭔가 다 하는 거 같아. 어른이란 그런 건가 봐."

(나는 속으로) '아무거나 다 해도 되는 거야? 그래도 하지 말아야 할 것들이 있지 않을까?'

이 모든 이야기들이 정답이 될 수 있을까? 그럴 수도 있고 아닐 수도 있을 것이다. 사실 내 삶을 누군가가 정의할 수는 없다. 오직 나만의 방식으로 나만의 길을 개척해나가야 하는 것이다. 물론 이러저러한 사람들의 앞선 길을 내가 따라 걸어볼 수도 있고 참고할 수도 있다. 하지만 그 삶이 반드시 똑같지만은 않다. 나는 나대로 어른으로서 나의 삶을 살아 갈 뿐이다.

최근에 만화 〈스누피〉에서 정말 주옥같은 명대사를 몇 가지 발견했다. 〈스누피〉에 등장하는 캐릭터들은 저마다 자신의 삶에 대해 이러쿵저러쿵 말을 하는데, 특히 '어른'에 대해 콕 짚어주는 말인 듯해서 가슴에 콱 와닿았다.

"넌 아주 사랑스러운 사람이며, 네 인생은 사랑으로 가득 찰 거야."

"날 이해하려면 항상 시간이 많이 걸려. 즉 날 안다는 건 날 사랑한다는 거지."

"너무 심각하게 생각하지 마. 나도 수많은 멍청한 짓을 하면서 살고 있어."

"내일은 그냥 좋은 일이 생길 거야."

어떤가. 이 몇 마디만으로도 대충 감이 오지 않나. 앞에서 부모님, 선생님, 친구 들이 남겼던 말들과 함께. 특별히 정답은 없지만 그렇다고 오답이 있는 것도 아니다. 지금 이 순간, 순간 들이 모여 스물 청춘을 어른으로 만들어주고 있기 때문이다.

　나는 사기를 당해보기도 하고 밥을 하루 종일 굶어보기도 했다. 신파적인 감성을 끌어내려고 뭔가 억지 감동을 주려고 하는 말이 아니다. 그런 경험들조차 지금의 나를 만들었고, 어른으로서 나를 더욱 단단하게 만들어준 시간들이었다고 굳게 믿는다. 아끼고 소중했던 친구에게 배신을 당하기도 했다. 하지만 그 순간까지도 다 '나'를 꽉 채워준 밑거름이었던 것이다. 그랬기 때문에 다음번에 비슷한 충격파가 몰려와도 적절히 감당해낼 수 있었다.

　차라리 나쁜 경험은 어린 시절에 하는 것이 나을 수도 있다고 생각한다. 딱 감당할 수 있을 만큼만 나를 휩쓸고 지나가기 때문이다. 또 손을 뻗으면 누군가 손을 잡아줄 사람들도 존재한다. 하지만 나이가 더 들어서, 두 번째 스물, 세 번째 스물이 되어 부딪치는 나쁜 경험은 나를 일으켜 세울 수 없을 정도의 파괴력을 지닌다. 그냥 끝나버리는 것이다. 나 스스로 다 해결해야 하기 때문이다. 손을 내밀어도 아무도 잡아주지 않는다.

어른이 된다는 것은 지극히 커다란 축복이기도 하지만 어깨에 더 무거운 짐을 쌓아가야만 하는 지독한 현실이기도 하다. 쌓아가다, 쌓아가다 결국에는 이겨내지 못해 주저앉고 마는 그런 현실. 그러니 감당해야 할 것들은 감당하고, 감당할 수 없는 것들은 빨리 접어버리는 지혜가 요구된다. 어른이 되면 세상 모든 일을 내가 다 정의롭게 받아들이고, 의인처럼 감당하며, 천사처럼 다 들어줄 필요가 없다. 나 스스로가 무너지는 일만은 막아야 하지 않겠나.

어른은 그냥 되는 것이 아니다. 많이 알아나가야 한다는 뜻이다. 공부가 끝났다고 마냥 기뻐할 일만은 아니다. 인생 공부가 시작되기 때문이다. 직장생활, 사회생활을 하며 어쩔 수 없이 해야 하는 공부들이 나도 모르게 왕창 늘어난다. 그러다 보니 사람들은 어른이 되기를 두려워하고, '어른이'라는 표현처럼 어른이 되기를 유보한다.

2030의 경우 어른이라는 타이틀 자체도 어색해한다. 피터팬신드롬. 어른이 되는 것 자체가 싫어 회피한다. 감당하기 힘드니까. 조금이라도 어려 보이는 것이 사회적으로 각광받고 있으며, 의술의 힘까지 빌리는 상황에 이르는 현상도 이에 무관하지 않다.

하지만 그렇게 한다고 해서, 피한다고만 해서 어른이 되지 않는 것은 아니다. 나는 이렇게 생각한다. 내 나이에 맞게 살고, 내 나이에 맞게 행동하고, 내 나이에 맞게 사고하는 것이 가장 나다운 것이라고 생각한다. 물론 반론도 있겠지만 신경 쓰지 말자. 내가 나를 어른으로서 충분히 인정하면 어른으로서의 삶이 두렵지 않을 것이다. 결코 뒤로 물러설 수 없고 앞으로만 나아가야 하는 시간 속에서 어른의 삶을 굳건하게 잘 헤쳐나가자.

'어쩌다 어른'이 되고, '아무튼 어른'으로 살아가고, '하마터면 어른'이 될 뻔했다고 안도할 수도 있다. 어쨌든 꿋꿋하게 앞으로 나아가자. 너무나도 뻔해서 더 듣기에 의미 없어 보이는 것들이 사실 가장 보편적이고 위대한 의미를 가지고 있다. 태풍이 몰아치면 슬기롭게 피해내고 폭우가 쏟아지면 튼튼한 대피소에서 여유롭게 기다리자. 그렇게 하나둘씩 경험하고 앞으로 유사한 일이 발생했을 때 초연하게 대처할 수 있는 삶, 그 삶만으로도 충분히 어른으로서 잘 살고 있는 삶이다.

그리고 한 가지 더. 과도하게 분수에 맞지 않는 욕심을 부리지 않았으면 좋겠다. 구체적으로 예를 들진 않겠다. 살다 보면 충분히 고개를 끄덕이는 순간이 올 것이다. 영화 속에서 현자나 마법사 같은 인물들은 답은 주지 않고 질문만 던지고 사라지곤 한다. 주인공은 울컥하는 마음에 짜증도 나지만 다양한 경험과 삶을 통해 언젠가 그 해답을 찾아낸다. 훗날 주인공이 그들을 다시 만나면 그들은 언제나 '네가 옳다'라고 말해준다. 나도 그렇다.

"언제나 네가 옳다."

어른이 된다는 것은 지극히 커다란 축복이기도 하지만 어깨에 더 무거운 짐을 쌓아가야만 하는 지독한 현실이기도 하다.

청춘, 늘 푸른 봄이여

짙은 콧수염에 언제나 검은 양복을 입고 지팡이를 놓지
않았던 최고의 예술가, 찰리 채플린.

"나는 돈을 벌기 위해 사업을 시작했고, 거기서 예술이 나
왔다. 사람들이 이 말에 환멸을 느껴도 어쩔 수 없다. 진실
이니까."

"실패는 중요하지 않다. 자신을 조롱하기 위해서는 용기
가 필요하다."

"인생은 가까이에서 보면 비극이지만 멀리에서 보면 희

극이다."

"우리는 모두 서로를 돕길 원한다. 인간 존재란 그런 것이다. 우리는 서로의 불행이 아니라 서로의 행복에 의해 살아가기를 원한다."

"올바른 순간에 잘못된 행동을 하는 것이 삶의 모순 중 하나라고 생각한다."

그의 명언들을 일일이 다 적기는 불가능하다. 위에 소개한 명언들 중에 나는 '인생은 가까이에서 보면 비극이지만 멀리에서 보면 희극이다'라는 문장을 너무나도 좋아한다. 인간의 삶은 언제나 기쁨만으로 가득 차 있지 않다. 현미경으로 들여다보듯 가까이에서 바라보면 스스로 겪고 있는 고통도 더 커 보이기 마련이다. 나아가 사람과 사람 사이에는 언제나 문제가 발생한다. 그래서 채플린은 이렇게 말했는지 모른다.

하지만 인생을 멀리에서 바라보면 그냥 묵묵히 살아가는 사람들의 모습만 보일 것이다. 티격태격하다가도 언제 그랬냐는 듯 다들 어깨동무하고 맥주 한잔 마시고, 뭐 그런 모습들. 현실에서든 영화에서든 드라마에서든. 그게 바로 인간의 삶이다.

나는 채플린의 말에 진심 100% 공감한다. 그의 말은 언제나 옳다. 워낙 존경하는 인물이기 때문에 그럴 수밖에. 그런데 21세기를 사는 우리의 인생은 가까이에서 봐도 희극이 되어야 한다. 매 순간 힘든 요즘이기에 헛웃음이라도 짓지 않으면 견뎌내지 못할 것이다. 그러니 제발 가까이에서도 인생이 희극이었으면 하는 바람이 가득하다.

문득 사랑을 생각한다.

나의 사랑은 아름다운 희극이었을까, 절망적인 비극이었을까. 아니면 절망적인 희극이었을까, 아름다운 비극이었을까. 사랑할 때는 언제나 이 사랑이 마지막이라고 생각하고 덤벼들었다. 20대의 나는 그렇게나 뜨겁고 강렬했으며 영화나 드라마 같은 사랑만이 전부라고 여겼다. 아무리 생각해봐도 영화나 드라마를 너무 많이 봐서 그런 것 같다. 사랑을 영화나 드라마로 배웠기 때문이다.

그래서 이별을 통보 받으면 식음을 전폐하고 매일 멈추

지 않는 눈물과 함께 하루하루를 겨우 견뎌냈다. 이 또한 영화나 드라마 같은 이별 후 행동이었는지 모른다. 지금 생각하면 피식, 웃음만 날 뿐이다. 당시에는 너무나도 진지했겠지만.

지금의 사랑은 그때의 경험이 축적되어 따스하고 차분하게 젖어든다. 괜한 실수로 상대를 잃지 않으려고 배려하고, 나의 사랑을 이해해주지 못하는 상대를 원망하기보다는 상대의 사랑을 이해하고 보듬으려고 한다. 세월의 흔적이 머리끝부터 발끝까지, 가슴부터 영혼까지 곳곳에 새겨져 있기 때문이다.

문득 우정을 생각한다.

나의 우정은 어땠을까. 충분히 가치 있는 우정이었을까. 인생에서 진정한 친구 한 명을 얻으면 천하를 얻은 것과 다름없다고 했는데, 나의 우정이 궁금해진다. 누구나 그렇겠지만 청소년기를 지나 첫 번째 스물 즈음에는 세상 그 무엇과도 바꿀 수 없을 우정에 더없이 푹 빠져 진지해진다.

하지만 결국 친구도 변할 수 있음을 느끼게 된다. 배신을 당하기도 한다. 사회생활 하느라 떨어지고 연락이 뜸해지면 자연스럽게 멀어지고 서먹서먹해진다. 어느 순간에는 이름조차 곧바로 떠오르지 않을 때가 있다. 친구라는 이름조차 어색해진다. 두 번째 스물에 접어들고 보니 과하다 못해 흘러넘쳐 바닥에 흥건한 기대나 희망이 얼마나 무의미한지 절실히 느껴질 때가 있다.

나는 우연히 만났을 때 깔깔거리고 웃으며 서로의 등을 토닥여주고, 힘들 때 자신의 이야기보따리부터 사정없이 풀기보다는 내 이야기를 조곤조곤 들어주는 친구가 좋다. '겨우 그 정도'라고 생각하겠지만 그 정도도 하지 못하는 관계들이 수두룩하다. '밥 한번 먹자'라는 말을 10년 동안 하는 사이보다는 낫지 않을까.

문득 가족을 생각한다.

'아빠(드디어 '아빠'라고 쓴다.)'를 생각하면 늘 미안하고 마음 한 구석이 저려온다. 늘 이렇게 생각만 하고 행동으로 옮기지 못해 더욱 미안하다. 엄마는 언제나 나와 통화하는 것을 즐기는 수다꾼이다. 고향에 내려오지 말고, 그 돈 아껴서 야옹이들 밥 잘 챙겨주고, 나 맛있는 거 더 사 먹으라고 하는 분이다. 뮤지컬 배우가 되겠다고 처음 서울에 와서 좌충우

돌 생활하며 이 말을 들었을 때는 진짜인 줄 알았다. 하지만 지금은 안다. 내가 안쓰러워서 차마 내려오라고 하지 못했던 것을. 반어법으로 속내를 표현했다는 것을.

그리고 내 동생. 결혼하고 딸까지 있어 더없이 삶이 버겁다는 것을 잘 안다. 전화 통화하기조차 쉽지 않다는 것도 잘 안다. 그냥 묵묵하게 잘 지내고 있다고 믿고 있을 뿐이다. 그것만으로도 충분할 것이다.

마지막으로 나를 생각한다.

두 번째 스물을 아~~~주 조금 넘긴 나. 언제나 지금 여기에서 한결같이 신나고 재미있게 살려고 발버둥질해온 나. 이런 나를 나는 무진장 사랑한다. 나만큼 나를 사랑해주는 사람이 있을까. 이것만으로도 충분하다.

그러고 보니 어느 순간부터 '충분하다'는 말을 입에 달고 사는 거 같다. 나는 위대하거나 거대하다고 말하는 그런 성공에 관심이 없다. 주식 부자에 관심이 없다. 그들이 사는 방식이고, 내가 주식으로 성공할 확률은 거의 없을 테니. 주식에 빠지지 않은 지금으로도 충분하다. 로또에도 관심이 없다. 가끔씩 사긴 하지만 그건 일주일 동안 내가 갖게 될 행복감 정도로만 여긴다. 1등에 당첨될 확률 때문에 산다고? 차라리 번개를 맞는 편이 빠르다고 한다. 그러니 지금으로 충분하다.

대기업 CEO가 될 생각도 딱히 하지 않는다. 어휴, 이건 그냥 뭐랄까. 번개를 100번 연속으로 맞는 것보다 더 가능성이 없어 보인다. 그냥 빨리 포기하고 생각조차 하지 않으니 편하다. 되지도 않을 일, 될 수도 없는 일에 에너지 낭비하지 않고 내가 할 수 있는 선에서 충분히 해도 그것만으로 충분하다.

솔직히 우리는 흙수저가 금수저 될 확률이 거의 없는 시대를 살고 있지 않은가. 흙수저에서 동수저 정도는 노력해볼 수 있을 거 같다. 사람이니 한 줌 희망이라도 있어야 살아갈 이유를 찾을 테니 말이다.

아무튼 빨리 잘 포기하고, 내가 할 수 있는 것들만 충분히 해내고 있는 것만으로도 나는 충분하다. 내 어깨를 토닥토닥해주기에 너무나도 충분하다.

이렇게 보니 내 인생은 정말 가까이에서 봐도 희극 같다. 냉소인가. 그럼 뭐 어때. 그것도 내 인생인 것을. 그렇게 마음먹고 살아가자. 현실을 있는 그대로 받아들이는 용기가 필요하다. 사람들은 그걸 용기라고 생각하지 않는다. 왜 그렇게 생각하는지 모르겠다. 지금 나를 둘러싸고 있는 현실과 적절히 타협하는 것도 용기가 필요한데 말이다. 그런 용기를 갖고 있는 나에게 박수를 보낸다. 그렇게 하루가 지나가면 조금은 희망 찬 내일이 찾아오지 않을까.

인생은 가까이에서든 멀리에서든 희극이 되어야 한다. 의도하든 의도하지 않든지 관계없이. 그래야 살아갈 용기를 가질 수 있으니까. 스물 청춘의 삶, 충분히 가치 있고 의미 있다. 사람은 저마다 인생의 나침반을 가지고 있다. 성공을 향해 미친 듯이 달려가는 사람을 가로막을 생각은 없다. 그것이 당신의 행복이라면 그것을 누렸을 때 충분히 행복할 것이다. 하지만 그에 따른 대가와 책임은 충분히 받아들여야 한다. 그리고 좌절의 순간이 와도 결코 포기하지 말아야 한다.

다시 말한다.

인생은 가까이에서 봐도 희극, 멀리에서 봐도 희극이어야 한다. 무엇을 해도 언제나 빛나고 싱그러운 스물 청춘을 열렬히 응원한다. 청춘이니까, 늘 푸른 봄이니까.

나만큼 나를 사랑해주는 사랑이 있을까.

두번째 스물이 첫번째 스물에게

초판 1쇄 인쇄 · 2021년 3월 22일
초판 1쇄 발행 · 2021년 3월 29일

지은이 · 조기준
펴낸이 · 천정한
펴낸곳 · 도서출판 정한책방

출판등록 · 2019년 4월 10일, 제2019-000037호
주소 · 충북 괴산군 청천면 청천10길 4
전화 · 070-7724-4005
팩스 · 02-6971-8784
블로그 · http://blog.naver.com/junghanbooks
이메일 · junghanbooks@naver.com

ISBN 979-11-87685-56-2 03810